KB141210

우리학교 자가림 2교실

이태준, 밝은 달빛이 유감한 까닭에

초판 1쇄 펴낸날 2013년 10월 18일
초판 2쇄 펴낸날 2017년 7월 17일

지은이 | 정재림
펴낸이 | 홍지연
펴낸곳 | 도서출판 우리학교
기획 | 김주환
편집 | 김영숙 김나윤 소이언 이혜재 전신애
일러스트 | 박링고
아트디렉팅 | 정은경디자인
관리 | 김미영
인쇄 | 한영문화사

등록 | 제313-2009-26호 (2009년 1월 5일)
주소 | 03993 서울시 마포구 월드컵북로 6길 92 구성빌딩 2층
전화 | 02-6012-6094~5
팩스 | 02-6012-6092
전자우편 | woorischool@naver.com

값 12,000원

ISBN 978-89-94103-60-0 44800
      978-89-94103-59-4(세트)

이태준, 맑은 달빛이 유감한 까닭에

정재림 지음

아로파

〈우리학교 작가탐구클럽〉에 오신 것을 환영합니다

　지금껏 여러분은 어떻게 문학 작품을 읽어 왔나요? 시를 외우고 소설의 줄거리를 쫓아가는 것만으로도 숨이 차지 않았나요? 이제 의미도 모른 채 무작정 읽기만 했던 작품을 잠시 내려놓고 작품 읽기에서 사라져 버린 작가를 만나러 가 봅시다. 작가와 그가 살았던 시대의 생생한 이야기 속으로 흠뻑 빠져들어 봅시다.

　작품은 결국 시대와 사회에 대한 작가 자신만의 대결 방식입니다. 그렇기에 작가의 삶과 그가 살았던 시대를 알게 되면 작가가 작품을 창작한 의도가 무엇인지, 작품을 통해 무슨 이야기를 하려 했는지 더 깊이 이해할 수 있습니다.

　또한 작품 읽기는 작가와 독자가 나누는 대화의 과정이기에 작가 탐구의 방식으로 작품을 읽어 나가는 것은 독자가 능동적으로 의미를 구성하는 활동의 출발점이 될 수 있습니다.

　〈우리학교 작가탐구클럽〉은 작가의 삶과 작품 세계를 씨줄과 날줄로 촘촘히 엮었습니다. 작가의 빼어난 작품을 그의 삶의 맥락 속에 놓아 봄으로써 작가의 삶과 작품 세계를 입체적으로 이해할 수 있도록 만들었습니다. 우리 역사에는 누구보다 깊이 고민하면서 치열하게 살았던 위대한 작가들이 많습니다. 그들의 생생한 삶을 작품과 함께 감상하는 동안 우리는 우리 시대와 우리 문학을 새롭게 바라볼 수 있는 눈을 갖게 될 거예요.

예를 들어 「진달래꽃」을 읽으면 우리는 사랑과 이별에 가슴 태우는 화자와 만나게 됩니다. 그런데 김소월의 다른 작품들을 찾아 읽고 그의 삶을 들여다보면 김소월이라는 감수성이 풍부한 한 사내가 그 시대를 어떻게 견뎌 냈는지를 알게 됩니다. 그의 삶의 맥락에서 다시 진달래꽃을 읽는다면 그 울림은 이전과는 다를 것이며 그 시선으로 우리 주위를 살펴보면 이전에는 보이지 않던 것들이 생생하게 드러나 보일 것입니다.

왜 우리 문학을 읽고 사랑해야 하는지 아직 잘 모르겠다면 〈우리학교 작가탐구클럽〉의 문을 두드리세요. 일단 〈우리학교 작가탐구클럽〉의 문을 열었다면 여러분은 이 책에 나오는 작품을 찾아 읽지 않고는 못 배길 겁니다. 그게 바로 문학의 진짜 매력이지요. 자, 설렘 가득한 문학 여행을 떠날 준비가 되었나요?

작가탐구클럽에 오신 여러분을 진심으로 환영합니다!

::: 지은이의 말 :::

역사의 소용돌이를 온몸으로 부딪혀 살았던 이태준의 삶 그리고 문학

이태준이라는 작가와 만나서 이렇게 한 권의 책을 쓰게 되기까지 저에게는 몇 번의 우연이 있었습니다.

하나, '상허연구반'. 제가 상허(尙虛) 이태준을 알게 된 것은 아마도 대학교 시절이었을 거예요. 하지만 왜 이 작가는 이름보다 상허라는 호로 더 알려져 있을까, 의아했던 것 말고 별다른 인상을 받지 못했던 듯합니다. 그러던 중 상허연구반 세미나에 초대를 받아 참석하면서 그의 매력에 빠지게 되었어요. 당시 저는 연구자들의 이야기를 귀동냥하는 것만으로도 큰 즐거움을 느꼈습니다.

둘, '현대작가론' 수강생. 저는 몇 년째 현대작가론이라는 과목을 맡아 학생들과 '작가론'이 무엇인지에 대해 공부해 왔습니다. 수강생들과 즐겁게, 또 진지하게 이태준을 비롯한 여러 작가를 다루며 그들에게 제가 많은 걸 배웠노라고 고백해야겠습니다. 함께 작가론을 논했던 수강생들 중 이미 교사가 되었거나 교사가 될 준비 중인 이들을 떠올려 봅니다. 이 책이 그들의 학생들에게 도움이 된다면 아주 행복할 것 같습니다.

아주 작은 일들, 우연처럼 보이는 일들이 만나고 모여서 의미 있는 사건을 만드는 것을 삶의 곳곳에서 보게 되는데, 이 책의 탄생도 그런 경우라 하겠습니다. 매번 너무 어렵거나 너무 지루한 책을 쓴다는 생각이 많았는데, 이 책을 내면서는 마음이 한결 홀가분합니다. 이 책이 문학을 공부하는 학생들에게 도움이 되기를 바랍니다.

이태준은 '근대 단편소설의 완성자' 혹은 '최고의 문장가'라는 찬사를 받았던 작가입니다. 많은 독자의 심경을 울렸던 「달밤」, 엄정한 리얼리즘을 구현했다고 평가받는 「밤길」과 같은 소설에서 글쓰기 교본으로 정평이 나 있는 『문장강화』 그리고 그가 이끌었던 구인회까지, 이태준은 1930년대와 1940년대에 맹활약을 벌였습니다. 구한말에 태어나 식민지 시대를 살았고 해방으로 문학적 굴절을 겪었던 이태준의 삶은 마치 우리나라 역사의 축소판과 같습니다. 역사의 소용돌이를 온몸으로 부딪혀 살았던 이태준의 삶과 문학을 따라가며 우리나라의 역사 그리고 문학의 깊이와 넓이를 실감해 보시기 바랍니다.

2013년 가을 정재림

〈우리학교 작가탐구클럽〉에 오신 것을 환영합니다 • 4

역사의 소용돌이를 온몸으로 부딪혀 살았던 이태준의 삶 그리고 문학 • 6

① 가까이 나아가 푸름을 보고 뒤로 물러나 엉크러진 그림자를 보다
.. 역사의 빛과 그림자가 고스란히 담긴 삶 그리고 문학 • 13

* 모던 걸과 모던 보이들 - 이태준이 살던 시대 • 24

② 석 달 치 밥값이 밀리고 구두 뒤측이 물러앉았지만
.. 생동하는 캐릭터의 탄생, 시대의 현실을 담다 • 29

* 옛 물건과 속닥속닥 - 이태준의 상고주의 • 66

③ 달밤은 그에게도 유감한 듯하였다
.. 유머와 페이소스로 녹여 낸 주변인의 삶 • 73

* 여기는 글쓰기 클리닉 - 이태준의 『문장강화』에서 배우는 글쓰기 • 104

차례

4 먹장 같은 밤, 개구리 맹꽁이 소리 가득한데
.. 식민지 조선의 실상을 리얼하게 그리다 • **109**

*** 괴상하게도 운수가 좋더니만 - 일제강점기 하층민의 비참한 삶 • 134**

5 서리를 밟거든 그 뒤에 얼음이 올 것을 각오하라
.. 현실과 이상 사이의 갈등, 전근대와 근대의 소용돌이 속에서 • **139**

*** 빼앗긴 들, 빼앗긴 봄 - 일제강점기 땅, 돈, 투기 이야기 • 186**

6 살고 싶다기보다 살아 견디어 내고 싶었다
.. 순수문학의 기수에서 공산주의자로의 변신 • **191**

작가탐구활동 • 220
이태준 연표 • 226

이태준

1904 ~ 미상

다만 한 그루의 나무라도
큰 나무 밑에서 살고 싶다
실낱같은 목숨이나마 그런 큰 나무 밑에 쉬어
먼 하늘의 별빛을 바라보며 앞날을 생각하고 싶다

1

가까이 나아가
푸름을 보고
뒤로 물러나
엉크러진 그림자를 보다

{ 역사의 빛과 그림자가 고스란히 담긴 삶 그리고 문학 }

나는 조선 최고의 문장가외다

여러분은 상허(尙虛) 이태준이라는 이름을 들어 본 적이 있나요? 이태준은 소설가입니다. 십여 편의 장편소설과 칠십여 편의 중·단편소설, 수많은 수필과 평론, 희곡 등을 발표한 일제강점기 조선의 대표적인 소설가이지요. 국어 교과서에서 자주 보았던 김소월, 정지용, 김유정, 염상섭과 비교하면 이태준이라는 이름이 낯설 수도 있을 거예요. 하지만 이태준이 활발히 활동하던 1930년대에는 "시에는 지용, 소설에는 상허"라는 말이 널리 쓰였다고 해요. 시인 중에는 정지용이 최고이고, 소설가 중에는 이태준이 으뜸이라는 말이 사람들 사이에 퍼질 정도로 이태준은 자타가 공인하는 최고의 소설가였던 것입니다.

이태준의 소설은 서정성이 짙고 깊은 여운을 남긴다는 평가를 받습니다. 여러분도 그의 작품을 읽어 보면 금방 느낄 수 있겠지만, 선생님도 「달밤」과 「석양」이라는 소설을 읽으며 '역시, 이래서 이태준이구나!'라고 감탄했었답니다. 보통 사람보다 조금 모자란 반편이 황수건의 캐릭터가 재미있었을 뿐만 아니라 주인공 수건이를 향한

관찰자, 즉 작가 이태준의 배려와 애정이 진심으로 느껴졌거든요. 여행지에서 만난 소녀에 대한 주인공의 미묘한 감정을 담담하게 그려 낸 「석양」도 매력적이었고요.

　그런가 하면 이태준은 여러 장르를 두루 섭렵한 작가이기도 합니다. 소설을 가장 많이 썼지만, 희곡이나 동화, 수필과 비평 등 다양한 분야에 걸쳐 뛰어난 작품을 남긴 능력자이기도 했어요. 물론 그가 가장 주력했던 분야, 또 가장 인정받았던 분야는 소설이었지요. 식민지 시기에 왕성한 창작 활동을 했던 이태준은 해방 전까지 『달밤』, 『돌다리』, 『가마귀』 등의 소설집을 내놓았습니다. 1934년 출간한 『달밤』은 그 당시 2,000~3,000부가 팔렸다는데, 이 정도 판매 부수라면 지금의 베스트셀러일 만큼 대단한 것이었지요.

　또한 이태준은 명문장가로도 유명합니다. 그는 빼어난 문장으로 독자들을 사로잡는 작가였습니다. 그의 수필집인 『무서록』은 오늘날에도 사람들의 꾸준한 사랑을 받는 스테디셀러지요. 최고의 문장가로 정평이 나 있던 이태준은 소설 창작법이나 글 짓는 방법에 대한 글도 많이 썼습니다. 그래서 창작을 하려는 많은 사람들은 이태준의 『문장강화』를 교과서처럼 여겼다고 해요. 지금도 글을 쓰려고 마음먹은 사람들 중에는 『문장강화』를 챙겨 읽는 사람들이 있을 정도입니다. 게다가 이태준은 당시 내로라하는 작가들의 모임인 '구인회'의 좌장으로, 순수문학의 대표적 문학잡지였던 〈문장〉의 편집자로 일제강점기 우리나라 문학에 큰 영향을 끼쳤지요. 그때나 지금이나 많은 사람들은 이태준을 '근대 단편소설의 완성자' 혹은 '최고의 문장가'라고 평가합니다. 다시 말하면 일제 식민지 시기의 한국 문학, 특히 1930년대 문학에서 이태준은 결코 지나칠 수 없는 작가라고 할 수 있지요.

역사의 소용돌이 속에 지워진 이름

하지만 한국 문학사에서 이태준의 이름은 꽤 오랫동안 마치 존재하지 않는 것처럼 취급당했습니다. 이태준이 해방 이후 북한으로 갔기 때문입니다. 요즘은 중·고등학교 교과서에도 이태준의 소설이 여럿 실려 있기 때문에 여러분은 상상이 되지 않을 거예요. 하지만 20여 년 전만 해도 이태준의 이름 석 자를 입에 올리는 것 자체가 불법이었습니다. 전쟁으로 남과 북이 갈라진 이후 오랫동안 사상적, 정치적 자유가 금지되었던 우리나라에서는 스스로 북으로 갔든 끌려갔든 북에서 미처 내려오지 못했든 북한과 관련된 문인들의 이름과 작품을 거론하는 것이 법적으로 금지되어 있었기 때문이에요. 그래서 1980년대 후반, 우리 사회의 민주화와 더불어 사상의 굴레에 갇혀 있던 120여 명의 작가들을 자유롭게 접할 수 있게 된 이른바 '해금 조치' 전까지의 국문학 서적에는 상허라는 그의 호만 적혀 있거나, '이○준', '이×준'처럼 이름이 숨겨져 있었습니다.

인쇄물에서 내용을 밝히기 어려운 경우 글자를 '○', '×'로 대신하는 걸 복자(覆字)라고 합니다. 이태준의 이름 세 글자를 다 밝힐 수는 없으니 복자를 쓴 거죠. 이런 사정은 다른 월북, 납북 문인도 마찬가지였지요. 북한으로 갔던 정지용, 백석, 김기림 등의 이름도 정○용, 백○, 김기○ 등과 같이 표기된 것은 물론이고요. 그래서 어떤 사람은 이태준의 이름이 이영준인 줄 알았다는 우스갯소리도 나왔답니다. '○'나 '×'와 같은 복자 속에 정치적인 격동으로부터 자유롭지 못했던 우리나라 문인의 슬픈 운명이 그대로 드러나 있는 것입니다. 그런데 더 비극적인 것은 이태준의 이름이 북한의 문학사에서도 사라졌다는 사실이에요. 여러분은 '숙청'이라는 말을 아나요? 독재자들이 자신의 권력을 확고하게 만들기 위해 조금이라도 말을 안 들을 것 같은 사람들을 모조리 죽이거나 추방하는 일이지요. 이태준도 6·25전쟁 이후 숙청되었고 그의 문학 역시 '반동 문학'으로 낙인 찍혀 버렸던 것입니다.

남쪽에서도 북쪽에서도 이름조차 거론되지 못할 정도였으니 이태준에 관한 자료가 많이 남아 있지 않은 건 당연합니다. 불행 중 다행인 건 이태준이 자신의 실제 이야기를 반영한 자전소설을 꽤 많이 남겼다는 거예요. 자료가 별로 없는 상황에서 자전적 경향의 소설들을 통해 우리는 이태준이 실제 어떤 삶을 살았는지, 그가 어떤 고민을 안고 있었는지를 조금이나마 짐작할 수 있으니까요. 가령, 우리는 소설 속에서 이태준의 '절친'들을 만나게 된답니다. 이태준은 절친들의 외양을 친절하게 소개하기도 해요. 이태준이 남긴 글들을 보면 소설가 박태원은 당시 최신 헤어스타일인 '갓빠머리'를 하고 단장(지팡이)으로 한껏 멋을 부린 '모던뽀이'였다는 걸 알 수 있지요. 이상은 반대로 이발도, 면도도 안 하고 다녔었다는군요. 대조적인 두 친구를 소개하면서, 이태준은 은근히 자신이 '훈남'임을 자랑해요. 사진을 보면 이태준은 단정하게 빗은 머리에 말쑥하게 양복을 입고 있습니다. 키도 서양 사람처럼 장신이고요. 큰 키에 단정하고 점잖은 스타일이니 훈남이라고 해도 과언은 아니겠지요?

말쑥한 양복 차림의 이태준 사진을 보고 있으면 이태준이 고생 모르고 자란 도련님처럼 보이지만, 사실 그는 어느 누구보다 험난한 인생을 산 사람입니다. 물론 식민지와 전쟁, 분단의 시대를 살았던 당시 우리나라 사람 중에 행복하게 살았던 사람은 몇 되지 않을 거예요. 하지만 이태준은 평범한 다른 이들과는 비교도 되지 않을 정도로 신산한 삶을 살았습니다. 아버지를 잃은 게 여섯 살이었고, 몇 년 뒤 어머니를 여의었으니 얼마나 고생이 많았겠어요? 청소년기와 청년 시절 이태준은 우유 배달, 신문 배달 등 각종 '알바'를 해야만 했지요. 자기 손으로 생활비도 벌고 학비도 마련해야 했으니까요. 돈이 없으니 경제적으로 힘들었고, 부모님이 안 계시니 심리적으로도 많이 외로웠을 거라고 상상이 되지요? 이런 상황에서도 이태준은 일본 유학까지 다녀옵니다. 물론 어려운 형편 때문에 중도에 그만두고 돌아오긴 하지만요. 이태준의 아르바이트는 1929년 정식 직장에 들어갈 때까지 계속되었으니, 그 삶이 얼마나 고단했겠어요.

이런 이태준의 삶에도 햇빛 비치는 날이 찾아옵니다. '쥐구멍에도 볕 들 날이 있다.'라고 해야 할까요? 아니면 '지성이면 감천'이라는 속담이 더 적절할까요? 이태준은 1930년대가 되면서 경제적, 심리적으로 안정을 누리게 되지요. 좋은 문학작품을 발표하면서 작가로서의 명망도 얻게 되고요. 문학계에서도 큰 영향력을 발휘하게 되고, 몸담고 있던 신문사에서도 부장으로 승진합니다. 하지만 1930년대 후반이 되면서 이태준의 삶은 다시 내리막길을 걷게 됩니다. 이 시기에 일제는 마지막 발악을 하듯 각종 탄압과 억압을 가해 왔는데, 양심적인 문인이었던 이태준은 많은 고민과 고통을 떠안을 수밖에 없었던 것입니다. 일제 암흑기에 이태준이 절필을 선택했던 이유도 일제의 탄압 때문이었습니다.

궁금증 유발자, 이태준을 찾아서

해방이 되면서 이태준은 다시 한 번 역사의 소용돌이에 휩싸이게 되지요. 그리고 마침내는 그의 소설 제목처럼 '역사의 먼지'로 사라지게 됩니다. 일제강점기 이태준은 순수문학의 입장에 서 있었던 작가였습니다. 사회주의 혁명이나 노동자 계급의 해방을 주장하는 작가나 작품을 비판하기도 했고요. 그런데 이태준은 해방과 함께 공산주의자로 변신합니다. 순수문학을 지향하던 그가 왜 좌익 문학을 지지하게 된 것인지 그 사정을 잘 알 수는 없어요. 어쨌든 그는 북한의 체제를 선택했고 한동안 북한에서 추앙을 받지요. 하지만 6·25전쟁이 끝나고 북한에서 일대 숙청이 벌어지면서 이태준 역시 숙청을 당하고 맙니다. 언제, 어디서 죽었는지, 남은 가족이 어떻게 되었는지에 대한 기록조차 없어요. 숙청 이후 북한은 이태준 문학을 반동 문학으로 규정했기 때문에 북한 문학사에서 이태준의 이름은 찾아볼 수 없지요. 해금 조치 전까지 남한 문학에서도 이태준의 이름이 금기로 취급되었던 것을 생각하면 안타까운 마음을 감출 수가 없습니다.

다행히 우리나라에서는 법적인 제재가 풀린 이후, 이태준과 그의 문학에 대한 연구가 매우 활발하게 이루어지고 이태준의 문학이 재평가를 받게 되었습니다. 그의 호를 딴 '상허문학회'라는 단체가 만들어지기도 했고요. 그런데 이태준 문학을 연구하는 사람들은 너나 없이 이태준이 어떤 사람인지를 정말 모르겠다는 고백을 하곤 합니다. 그의 행적을 추적하다 보면 '아, 이태준이 이런 사람이었구나.'라고 고개를 끄덕이게 되기보다는, '아니, 이태준이 이런 사람이었나?'라고 의문을 품게 될 때가 훨씬 많거든요. 가령, 그의 성격부터가 그렇습니다. 이태준을 실제 가까이에서 만났던 사람들의 회상에 의하면, 이태준은 냉정하고 깐깐한 사람이었다고 해요. 하지만 어떤 소설을 읽으면 이태준이 한없이 부드럽고 인정 많은 사람처럼 보입니다. 또 다른 소설을 읽으면 자기 마음에 들지 않는 친구에게 유리잔을 집어 던지는 과격한 다혈질처럼 보이기도 하지요.

이태준을 공부하는 사람들을 가장 애먹이는 부분은 바로 이태준이 해방 전에는 순수문학을 옹호하다가 해방 후 갑자기 공산주의자로 변신했다는 점이에요. 해방 전 순수문학을 옹호하던 이태준이 진짜인지, 해방 후 열렬한 공산주의자가 된 그가 진짜인지 헷갈리는 거죠. 어찌 보면 해방 전에도 그가 공산주의에 대해서 긍정적인 생각을 가졌던 것 같기도 하고, 어찌 보면 자기 이익을 좇아 북한을 택한 것처럼 보이기도 하지요. 어떻게 보면 지조 있는 지사처럼 보이고, 어떻게 보면 기회주의자처럼 보이기도 하는 거죠. 그래서 이태준의 삶과 문학을 공부하다가 사람들은 수많은 궁금증에 시달리게 됩니다. 하지만 알 수 없는 구석이 많다는 것은 그만큼 이태준의 문학이 매력적이라는 것을 의미하기도 해요.

그 사람의 현재를 이해하려면 그 사람의 과거를 보면 된다고 하지요. 2000년대를 살아가는 우리가 이태준을 직접 만날 수는 없습니다. 다만 그가 남긴 작품들을 볼 수 있을 뿐이지요. 왜 이런 소설을 썼을까, 왜 이런 인물을 등장시켰을까, 하필 왜 이 배경일까 궁금하지만 작가 이태준은 답이 없지요. 그러니 이제부터 선생님과 함께 이태준의 삶을 더듬어 그가 왜 이런 소설을 썼는지, 왜 이런 인물에 집착을 했는지, 왜 소설을 이렇게 마무리했는지 그 답을 찾는 여행을 함께 떠나 볼까요? 이 여행은 기대해도 좋습니다. 우리는 이 여행 속에서 역사의 소용돌이를 온몸으로 부딪히며 살아 낸 사람, 그러면서도 자신만의 개성 있고 애정 어린 시선으로 인간과 삶을 보듬었던 사람을 만날 수 있을 테니까요.

역사의 빛과 그림자가 고스란히 담긴 삶 그리고 문학

모던 걸과 모던 보이들

| 이태준이 살던 시대 |

이태준은 키가 크고 말쑥한 훈남이자 경성 최고의 모던 보이 중 한 사람이었다고 해요. 모던 보이, 모던 걸을 따라 이태준이 살던 시대로 걸어 들어가 봅시다.

그의 낭만, 그녀의 로망

이태준이 가장 활발하게 활동하던 1930년대는 모던 걸, 모던 보이가 조선의 수도 경성을 휩쓸며 숱한 이야기를 뿌려 대던 시대였지요. 일제강점기의 모던 걸, 모던 보이 스타일은 지금 봐도 멋있습니다. 실제로 많은 배우들이 영화나 드라마 속에서뿐만 아니라 현실에서도 모던 걸, 모던 보이 스타일의 옷을 입어 화제

1930년대 경성을 배경으로 한 영화 〈모던보이〉 속 모던 걸(왼쪽),
1930년대 방송국을 소재로 한 영화 〈라디오데이즈〉 속 모던 보이(오른쪽)

이태준_1

우리나라 최초의 무용가이자 모던 걸이었던 최승희(왼쪽),
문단의 대표적 모던 보이였던 소설가 박태원(오른쪽)

가 되곤 하지요. 실제로 1920~1930년대 식민지 조선은 모던 걸과 모
던 보이의 전성시대였습니다.

이들은 늘 신문과 세인의 입에 오르내리며 수많은 이야깃거리를
만들어 내고 뭇사람들의 부러움을 샀습니다. 그도 그럴 것이 이들은 새로
운 문물과 유행을 누구보다도 가장 먼저 받아들인 사람들이었으니까요.

배곱하도 여호 털 목도리를 놓치 앗는 괴이한 녀자

사람들은 모던 걸, 모던 보이가 되고 싶었습니다. 하지만 돈이 없
었지요. 하이힐 한 켤레 값이 벼 두 가마 값이나 되었기 때문입니다. 그
래서 당시의 신문을 보면 배가 고파 떨면서도 '노릿내 나는 여호 털 목
도리'와 구두를 포기 못하는 여자들에게 '괴이한 녀자'라고 쓴소리를 하
기도 합니다.

다 쓰러져 가는 초가집에 살면서도 머리 장식, 화장품, 옷, 양말
을 사느라 과하게 돈을 쓰고는 얼굴을 높게 치켜들고 활보하는 모던 걸

의 모습을 보도한 신문 기사를 볼까요?

1933년 10월 25일자 신문에
실린 모던 걸 풍자 만화.

"조선의 대표적 도시에 굼벵이 보금자리가튼 쓰러진 초가집이 거지반인데도, 그리고 대학 졸업생 거지반이 취직을 못 하야 거리로 방황하는 여긔에, 여자들은 치마 한 감에 삼사십 원, 양말 한 켤레에 삼사 원, 손가락에 인 것만 해도 이삼백 원. 머리에 진 것만 해도 오륙백 원, 얼골에 칠하는 것 중에 분갑만 해도 아츰 분, 낫 분, 밤 분 해서 사오 원, 머리만 지지는 데에도 일이 원이라 하고 초가집을 나서서는 오든 길을 가고 가든 길을 돌처서서 대활보로 거러가는 것이 소위 요사이 모던이다."

절망과 희망이 충돌하던 시대

그런데 여러분은 모던 걸, 모던 보이 이야기를 들으면서 뭔가 이상하지 않았나요? 우리는 '일제강점기'라는 말을 들으면 '독립운동' '가난' '억압' 이런 말들을 먼저 떠올립니다. 민족의 앞날이 바람 앞의 등불이 되어 쌀 한 톨까지 수탈해 가는 일제의 악랄함에 수많은 조선 백성이 분노하던 시대가 바로 그때입니다. 그런데 그런 서울의 한복판에서 양복을 빼입고 하이힐을 신은 모던 보이, 모던 걸이 백화점의 찬란한 불빛 아래 커피를 마셨던 것이지요.

이태준이 살던 시대는 한쪽에서는 모던 걸이 여우털 목도리를

일본인과 친일파를 위한 백화점이 들어선 명동 거리는 밤이면 네온사인으로 번쩍였지만 일제의 수탈에 땅도 집도 잃은 가난한 백성들은 고향을 떠나 도시 빈민가나 만주, 북간도로 떠나야 했다.

두르고 거리를 활보할 때 다른 한쪽에서는 열다섯 살 어린 여공이 하루에 10시간도 넘게 공장에서 일을 하던 시대였습니다. 일본인과 친일파들이 호사스러운 생활을 할 때 평범한 사람들은 가난하고 비참하게 하루하루를 살아가야 했던 두 얼굴의 시대, 빛과 그림자의 시대였던 것입니다.

하루 빨리 새로운 문명을 익혀 앞으로 나아가고 싶지만 식민지 조선의 비참한 현실은 이태준의 발목을 잡았습니다. 봉건과 현대, 동양과 서양, 조선과 일본, 민족의 운명과 개인의 행복, 절망과 희망 등 모든 것이 충돌하던 시대, 그 속에서 이태준은 모던 보이인 동시에 고뇌하는 식민지 지식인일 수밖에 없었지요. 이태준을 비롯해 일제강점기를 살았던 수많은 작가들의 작품은 그런 암울한 역사의 소용돌이 속에서 탄생했던 것입니다. ◉

석 달 치 밥값이
밀리고
구두 뒤축이
물러앉았지만

{ 생동하는 캐릭터의 탄생, 시대의 현실을 담다 }

이태준이 엄친아라고?

　책의 맨 앞이나 맨 뒤에 보면, '저자 연보(年譜)'라는 것이 달려 있습니다. 생몰 연대와 학력, 이력 등을 시간순으로 간략하게 정리해 놓은 거지요. 이태준의 연보에는 무어라고 적혀 있나 한번 들춰 볼까요?

　　　1904년 11월 4일에 출생
　　　강원도 철원에서 태어나 러시아 블라디보스토크로 이주
　　　귀국하여 철원에서 성장하였고 휘문고등보통학교에 다니다가
　　중퇴, 일본으로 유학
　　　귀국 후에는 〈조선중앙일보〉 등의 기자, 구인회 동인, 〈문장〉
　　의 편집자로 활동
　　　60여 편의 중·단편소설과 13편의 장편소설, 그리고 다수의 수
　　필과 평론을 발표

　와, 이 정도면 굉장히 화려한 이력 아닌가요? 이태준이 어릴 적

살았다는 러시아의 블라디보스토크는 이름만 들어도 이국적인 정취가 물씬 느껴집니다. 게다가 어려웠던 식민지 시절에 일본 유학까지 다녀왔고 귀국 후에는 기자로 근무한 걸 보면, '이태준이 꽤 잘 나가는 집 아들이었나?' 하고 상상할 수도 있을 것입니다. 네, 요즘 말로 '엄친아였구나.'라는 생각이 드는 거지요. 하지만 천만의 말씀이에요. 이태준은 '유복함'이나 '부유함', 이런 단어와는 담을 쌓고 살았던 사람이거든요. 동경 유학 시절에는 얼마나 가난했던지 "공기만을 먹고 살았다."라고 회고할 정도였습니다. 물론 일본에 나라를 빼앗긴 식민지 시기에 부자로 살았던 사람은 거의 없을 것입니다. 하지만 이태준은 가난한 사람 중에도 진짜 가난한 극빈자의 삶을 살았습니다. 그 결정적인 이유는 일찍 부모님을 여의었다는 데에서 찾아야 합니다. 어려서 부모님을 잃고 친척 집을 전전하며 눈칫밥을 얻어먹으며 지내야 했고, 철이 들면서부터 갖은 아르바이트로 스스로 생계를 꾸려야 했거든요.

　이태준이 태어난 곳은 강원도 철원이고, 생년월일은 1904년 11월 4일입니다. 아버지 이창하는 덕원 감리소*의 주사를 지냈는데, 개화파 지식인이었다고 해요. 서양 문물을 받아들여서 강력한 자주 독립 국가를 만들자고 주장했던 정치 세력을 개화파라고 하는데, 이태준의 아버지가 바로 그런 개화파의 한 사람이었던 거지요. 그

감리소　외국인을 상대하고 관리하던 관청으로 지금의 함경도 원산에 있었다. 원산은 외국인에게 자유롭게 개방된 국제 항구여서 외국인이 자주 드나들었다.

런데 개화파였던 이태준의 아버지 이창하는 당시 의병들에게 친일파라는 오해를 받고 고향을 떠날 수밖에 없었다고 합니다. 의병들의 눈에는 머리를 깎고 개화를 하자고 주장하는 이태준의 아버지가 마치 친일파처럼 보였던 거지요. 친일파로 내몰린 이창하는 아내와 장모, 두 자식을 데리고 러시아의 블라디보스토크로 가게 됩니다. 사방으로 흩어진 조선의 동지들을 모아 큰 뜻을 이루기 위해 외국행을 선택한 것이지요. 하지만 이태준의 부친은 1909년 35세의 젊은 나이에 병으로 죽고 맙니다. 그때 이태준의 나이는 겨우 여섯 살이었지요.

이태준은 아주 어린 나이에 아버지를 여의지만, 평생 동안 아버지에 대한 존경심을 간직하고 살아갑니다. 자전적 경향이 강한 그의 소설을 보면, 종종 '매헌(梅軒)'이라는 호를 가진 매력적인 중년 남성을 만나게 됩니다. 매헌은 바로 아버지 이창하의 호예요. 아버지에 대한 존경심이 아버지와 비슷한 인물을 멋지게 그리도록 만들었던 거겠지요. '돌아가신 아버지에 대한 그리움은 당연한 감정 아닌가?' 하고 생각할 수도 있습니다. 하지만 아버지에 대한 이태준의 자부심과 그리움은 유별나다는 인상을 줄 정도로 상당히 각별하지요. 아버지에 대한 이태준의 태도가 독특하다는 점은 조실부모했던 다른 문인들의 태도와 비교하면 더 뚜렷하게 확인할 수 있습니다.

우리나라 문인 중에는 아버지를 일찍 잃었던 시인이나 소설가가 매우 많습니다. 멀리 거슬러 올라가면 유복자로 태어난 『구운몽』의 작가 김만중에서부터, 어려서 부모를 여의고 졸지에 고아 신세가 됐던『무정』의 작가 이광수, 양부모님의 손에서 자랄 수밖에 없었던 시인 이상 등등……. 특히, 식민지 시기의 작가들은 공통적으로 '고아 의식'을 가지고 있었다고 평가되고 있지요. 국가라는 것이 한 개인에게는 아버지와 같은 자리를 차지하기 때문이에요. 즉 나라를 잃은 식민지 상황이 아버지를 상실한 것에 비유되고, 그래서 문학작품에서 고아 의식이 은연중에 드러나는 것이라고 볼 수 있습니다.

하지만 작가들에게 고아 체험이나 고아 의식이 동일한 방식으로 나타나는 것은 아니에요. 한국 최초의 근대소설인『무정』을 쓴 이광수는 콜레라로 열한 살에 부모님을 잃었습니다.『무정』을 비롯한 이광수의 많은 소설에는 연애 이야기가 자주 나오지요. 연구자들은 이광수가 어려서 부모를 잃고 정에 목말랐기 때문에 연애와 사랑 이야기를 많이 썼다고 합니다. 그런데 평생 아버지에 대한 존경을 품고 살았던 이태준과 달리, 이광수는 아버지나 아버지를 상징하는 조선에 대해서 심한 혐오와 반감을 드러냅니다. 문학작품 속에서 전통적인 것이나 봉건 조선을 부인하고, 그것을 대신해 일본을 아버지의 자리에 놓으려고 하지요. 학자들은 이광수가 근대화를 이룬 일본이 식민지 조선 대신 정신적인 아버지의 역할을 해 주기를 원했던 것이라고 분석하기도 합니다. 그래서인지 이광수는 결국 친일을 선택하게 되지요.

이태준과 이광수는 어려서 양친을 잃었고, 어린 시절에 말할 수 없는 천대와 가난을 똑같이 경험했어요. 그런데 신기하게도 그에 대한 반응은 너무나도 다릅니다. 이광수가 아버지를 부정한 것과 달리, 이태준은 시간이 지날수록 아버지에 대해 강한 그리움을 드러내니 말이에요. 이태준은 여러 곳에서 자신의 아버지가 대단한 개화당이었던 것처럼 이야기하지만, 어떤 사람들은 사실 그의 아버지 이창하가 그렇게 깨어 있는 지식인은 아니었다고 지적하기도 합니다. 이태준이 어떤 소설에서 아버지가 지냈던 관직을 과장해서 이야기하는 걸 보면 허세가 없지 않다는 생각이 들기도 해요.

그런데 이태준의 태도에서 또 하나 독특한 점이 발견됩니다. 아버지에 대한 이태준의 자부심이 그의 '상고주의'와 맞물려 있다는 점입니다. 고전이나 전통을 바람직한 것으로 여기고 그것을 숭상하는 태도를 상고주의라고 해요. 이태준은 골동품, 고서화, 고서적에 남다른 관심을 가졌던 것으로 유명했습니다. 이태준과 잡지 〈문장〉을 이끌었던 정지용, 가람 이병기도 이태준만큼이나 전통적인 것에 대한 관심과 애착을 가졌던 사람들이에요. 또 선비 정신, 상고주의의 상징이랄 수 있는 난초를 사랑했다는 것도 꽤 유명한 사실이죠.

어떤 사람들은 고전이나 골동품에 대한 이태준의 취미를 비판하기도 합니다. 나라를 빼앗긴 상황에서 골동품이나 쓰다듬고 있는 게 귀족 취향에 지나지 않는다는 거예요. 하지만 우리는 이태준의 상고주의를 좀 더 긍정적으로 이해할 필요가 있습니다. 이태준의 상고주의는 옛것을 무조건 숭상하는 전통 숭배와는 다르기 때문입니다. 옛것을 가지고 그것의 오늘날 의미를 해석하자는 것, 그래서 나아갈 방향을 모색하자는 것이 이태준의 입장이거든요.

선인들의 생활을 오래 이바지하던 그릇으로 더불어 오늘 우리의 생활을 담아 본다는 것은, 그거야말로 고전이나 전통에 대한 가장 정당한 '해석'일는지 모른다. (…중략…) 청년층 지식인들이 도자기를 수집하는 것은, 고서적을 수집하는 것과 같은 의미를 나타내야 할 것이다. 완상▪이나 소장욕에 그치지 않고, 미술품으로, 공예품으로 정당한 현대적 해석을 발견해서 고물 그것이 주검의 먼지를 털고 새로운 미와 새로운 생명의 불사조가 되게 해 주어야 할 것이다. 거기에 정말 고완(古翫)의 생활화가 있는 줄 안다.

─ 수필 「고완품과 생활」 중에서

그런데 '고완'이 뭐냐구요? 아, 고완은 바로 골동품을 가리키는 말이에요. 그중에서도 이태준이 가장 귀하게 여겼던 물건은 아버지가 사용하셨던 연적이라고 합니다. 「고완」이라는 수필에서 이태준은 아주 멋스럽고 예스러운 문체로 그 연적에 대한 애정을 이렇게 설명하고 있어요.

얼마 동안이었는지 모르나 아버님과 한때 시대의 풍상▪을 같이 받은 유품이다. 그 몸이 어느 땅 흙에 묻힐지 기약 없는 망명객의 생활, 생각하면 바다도 얼어 파도 소리조차 적막하던 블라

완상 즐겨 구경함
풍상 어려움과 고생

디보스토크의 겨울밤, 흉중엔 무한한(無限恨)인 채 *임종하시고 만
아비님의 머리맡에는 몇 자루의 붓과 함께 저 연적이 놓였던 것
은 어렸을 때 본 것이지만 조금도 몽롱한 기억은 아니다. 네 아버
지 쓰던 것으론 이것 하나라고, 외조모님이 허리춤에 넣고 다니
시면서 내가 크기를 기다리시던 것이 이 연적이다. 분원사기(分
院沙器), 살이 담청인데 선홍 반점이 찍힌 천도형(天桃形)*의 연
적이다.

- 수필 「고완」 중에서

대개 어릴 적 기억은 어렴풋하기 마련인데, 이태준은 아버지가
임종하시던 날의 정경이 생생히 그려진다고 말해요. 아버지 머리
맡에 놓였던 연적이 또렷하게 기억나고, 그래서 성인이 되어서도
그 연적을 유품으로 간직하고 있다는 거죠. 조선에서 러시아로, 다
시 러시아에서 조선으로 이사하면서 아버지의 물건을 다 잃어버리
고 유품이라고는 연적 하나만 남았으니, 그 물건에 대한 감회가 남
다를 수밖에 없겠지요? 그러니 이태준이 소중히 간직하는 연적은
그냥 하나의 물건이 아니라, 아버지 자체를 상징한다고 할 수 있습
니다. 이태준의 옛것에 대한 애정은 이 연적에 대한 사랑의 연장선
상에 있는 것이지요. 어떤 학자들은 식민지 시기 문인들의 상고주

무한한인 채 끝없는 한을 품은 채
천도형 하늘에 있다고 하는 복숭아 모양

생동하는 캐릭터의 탄생, 시대의 현실을 담다

의를 식민지인의 상실감과 연결해서 이해하려고 합니다. 즉 조국을 잃은 상실감이 옛것에 대한 동경으로 나타나고, 그 상고주의가 자연스럽게 국권 회복의 의지로 이어진다는 것이지요.

이태준은 노인을 중심인물로 즐겨 등장시키기로 유명한 작가입니다. 「불우 선생」, 「영월 영감」, 「복덕방」은 노인이 주인공인 소설이고, 「돌다리」, 「해방 전후」, 「먼지」 등의 작품에도 인상적인 노인이 등장하지요. 이 노인들은 대부분 신체적 나이와 무관하게 존경할 만한 면을 가지고 있습니다. 젊은이도 따라가지 못할 패기를 가지고 있다거나, 혹은 젊은 세대가 교훈으로 삼을 만한 어떤 특징을 지니고 있는 거예요. 이태준은 이런 노인들을 등장시켜서 독자들에게 어떤 교훈을 주고자 하지요. 어떤 교훈일까요? 그래요. 우리는 옛것을 익혀서 그것에 미루어 새로운 것을 안다는 '온고지신(溫故知新)'의 의미를 그의 소설에서 발견할 수 있는 것입니다. 이태준의 상고주의가 중요한 의미를 갖는 이유가 여기 있지요.

이태준에게 아버지가 정신적인 존경의 대상이었다면, 어머니는 평생 동안 그리워한 그리움의 대상이었습니다. 서러운 유년 시절에 대한 수필에서 어머니가 자주 언급되는 이유도 여기에 있을 거예요. 아버지가 돌아가시자 어머니는 다시 고향으로 돌아가기로 결정해요. 비행기가 없던 시절이니 뱃길로 돌아와야 되는데, 만삭이던 어머니는 배 안에서 아기를 낳았다고 합니다. 몸을 풀기 위해 잠시 머물렀던 곳이 함경북도 배기미 부근 소청이라는 곳으로, 이태준의 가족은 그곳에서 잠시 살게 되지요.

사위와 딸을 따라 러시아로 함께 갔던 이태준의 외할머니는 음식 솜씨가 무척 좋으셨다고 합니다. 그래서 외할머니와 어머니가 음식점을 차려 세 자녀를 키우지요. 다행히 음식점이 잘 되어서 이태준의 가족은 한동안이나마 안정을 누릴 수 있었고요. 이태준은 학교에 입학하지는 못했지만 할머니 덕에 배기미에서 서당에도 다녔다고 해요. 수필에 보면 서당 백일장에서 상을 받아 어머니와 외할머니에게 칭찬을 받은 이야기도 나옵니다. 하지만 행복은 오래가지 못하지요. 아홉 살 되던 해 어머니마저 세상을 떠나신 거예요.

이태준은 수필 「내게는 왜 어머니가 없나」에서 자신이 상냥한 아이가 아니었노라고 고백합니다. 아홉 살이면 아직 철없는 아이잖아요. 어린 이태준은 어머니가 돌아가셨지만 슬프다는 생각보다는 어머니가 죽어 자신을 귀찮게 구는 것 같아 심술이 났다고 합니다. 예전에는 부모님이 돌아가시면 곡을 해야 했는데 곡하는 소리도 싫었고, 이 사람 저 사람이 혀를 차며 불쌍히 여기는 것도 싫었다는 거죠. 특히 조실부모한 아이가 불쌍하다며 어른들이 동전을 손에 쥐여 주는 게 무척 싫었다고 합니다. 자존심이 강한 작가의 성격을 생각하면, 어린 이태준의 마음을 짐작할 수 있을 것 같기도 해요.

어머니가 돌아가시던 당시에는 별로 슬픔을 느끼지 못했지만, 이태준은 나이가 들어 가면서 어머니의 빈자리를 절감하게 되었다고 고백합니다. 소학교 졸업식 날 그는 어머니를 생각하며 처음으로 울었다고 해요. 성적이 뛰어났던 이태준은 우등상도 대표로 받고, 졸업생 대표로 답사도 했습니다. 하지만 축하하러 온 가족은 한 명도 없었습니다. 보나 마나 외할머니가 초라한 행색으로 나타날 거라고 생각하고 할머니에게 졸업식을 안 알렸던 거예요. 그러니 올 사람이 없었던 거지요. 혼자 친척 집 사랑방으로 돌아온 그는 '나에겐 왜 어머니가 없나?' 하고 종일 울었다고 합니다. 여러분도 졸업식에 축하하러 온 가족이 아무도 없었다고 생각해 보세요. 얼마나 마음이 슬펐겠어요. 「고아의 추억」이라는 수필에서는 나이가 들수록 부모님의 정이 그리워진다며 이런 고백을 하고 있어요.

어려서는 부모님이 그립다기보다 아쉽곤 하였다. 옷이 더러워졌을 때 무엇이 먹고 싶을 때 그리고 무슨 영일(슈日)*이 돌아올 때는 더욱 못 견디게 아쉬웠다. 사탕처럼 비단옷처럼 따뜻한 아랫목처럼 아쉬운 부모님이었다.

그러나 지금은 피부에서보다 마음으로 그리워지는 부모님이시다. 배고프지 않고 등 춥지 않되 오히려 즐거운 때일수록 문득문득 생각나는 이들이 그들이시다. 어떤 때는 고요한 밤 지는 녘에 종교와 같이 가만히 그리워지는 분들이 그들이시다.

해마다 벼르기는 하지만 올 여름에는 꼭 어머니 산소에 다녀오리라.

– 수필 「고아의 추억」 중에서

영일 경사스러운 날

돌아가신 부모님에 대한 그리움과 안타까움이 절절하게 느껴지지 않나요? 이태준의 고아 의식은 그의 인격 형성과 문학 세계에 큰 영향을 끼쳤다고 말해지곤 합니다. 예를 들면, 작가 이태준과 그의 문학에는 어떤 무엇으로도 채워지지 않는 정신적 허기, 즉 마음의 배고픔 같은 것이 발견된다는 거지요. 어려서 부모님을 잃고 친척집을 전전하며 어린 시절을 보냈던 이태준은 정말 고독하고 외로웠을 거예요. 그의 소설에는 가난하고 고독한 사람이 자주 주인공으로 등장하는데, 아마도 외로움에 대한 자신의 경험이 반영되었을 것이라고 짐작됩니다. 특히 어린아이가 주인공인 경우, 그 아이는 고독하고 불행한 환경에 처해 있는 경우가 대부분이지요. 부모님의 사랑을 풍족하게 받아 보지 못한 것, 그래서 평생토록 부모님에 대한 애틋한 그리움과 고독함을 품고 살았던 것은 이태준의 삶에서 큰 불행일 거예요. 하지만 그 허기가 문학작품을 쓰는 창작의 자양분이 되었으니 이런 걸 불행 중 다행이라고 해야 할지도 모릅니다.

그런데 경제적으로 궁핍하고 정서적으로 고독한 유년 시절을 보냈다고 해서, 이태준이 상황에 눌려 주눅 들거나 소극적으로 살았을 거라고 오해해서는 곤란해요. 성적은 항상 우등을 유지했고 소학교 때에는 '동양의 나폴레옹'이 되겠다는 꿈을 가지고 국경을 넘어 다른 나라로 간 적도 있었을 정도니까요. 담력이 보통이 아니지요? 또 늦잠을 자느라 입학시험에 늦은 일화, 수학 문제를 못 풀어 커닝을 한 일화를 보면 '이태준도 영락없는 장난꾸러기, 말썽꾸러기였구나.' 하는 생각을 하게 됩니다.

과연 말썽꾸러기였다.

월사금 체납자 게시판 위에서는 1, 2번을 다투는 호성적이었고, 수학 시간이면 소설책 몰래 보기, 틈틈이 못난 선생 만화 그리기, 난 체하는 선생이면 사발통문* 돌리기, 점심시간이면 월장하여*나가 호떡 속식* 경기, 체조 시간에는 상습 조퇴 등…….

– 수필「추억」중에서

수업 시간에 소설책을 몰래 보고 점심시간마다 담을 넘었던 전력을 보면, 이태준은 모범생은 아니었나 봅니다. 또 이태준은 이과 과목을 잘 못했었나 봐요. 수학, 물리, 화학 선생을 '나쁜 선생'이라고 한 걸 보면요. 그중에서도 수학 시험 시간에는 커닝을 할 수밖에 없었대요. 아마 수학 시간마다 소설책을 본 탓이겠지요. 수학에 자신이 없던 이태준은 시험 때마다 앞에 앉은 친구의 시험지를 커닝했다고 합니다. 그런데 4학년 진급시험 때에는 커닝할 정도의 실력도 못 되어 문제를 풀 도리가 없는지라 5, 60명이나 되는 학생 중에 답안지를 가장 먼저 제출해서 주목을 한 몸에 받았다는군요. 하지만 이렇게 형편없는 실력으로도 낙제는 면했는데, 이태준이 기지를 발휘한 덕분이었죠. 이태준은 답안지에 답 대신에 이런 편지를 썼다고 해요.

사발통문 참여한 사람들의 이름을 사발 모양으로 둥글게 삥 돌려 적은 문서
월장하여 1담을 넘어
속식 빨리 먹기

생동하는 캐릭터의 탄생, 시대의 현실을 담다

그 실인즉슨 나는 시험 용지를 편전지[*] 삼아 "오, 자비하신 수학 선생님이시여." 하고 한 장 상소를 썼던 것이다.

"선생님? 그래 대수[*] 한 가지 때문에 낙제를 한다! 생각해 보십시오. 좀 억울합니까? 이런 체면 손상이 어디 있겠습니까. 선생님 한번 바꾸어 생각해 보십시오. 오, 자비하신 선생님, 이번 한번만 슬쩍 돌려주시면……."

땀을 흘리고 써 드린 친구들의 답안은 도리어 낙제 휴지가 되었어도 나의 그 엉터리 편지는 점잖은 대접을 받았던 것이다.

- 수필 「추억」 중에서

다른 과목은 다 괜찮은데 수학 과목 하나 때문에 낙제를 하면 억울하지 않느냐고, 한번 봐주시면 안 되겠느냐고 수학 선생님한테 편지를 쓴 거예요. 자포자기의 마음도 있었겠지만, 그래도 배포 하나는 대단하지 않나요? 낙제가 안 된 걸 보면, 수학 선생님도 이태준 못지않게 배포가 넓은 분이었나 봅니다.

꼬장꼬장 다혈질 캐릭터의 탄생

자, 다시 이태준의 행적을 따라가 볼까요? 이태준 일가는 강원도

편전지 편지지
대수 수학

철원에서 러시아로, 블라디보스토크에서 함경북도로 거처를 옮겼고, 이태준은 그 와중에 아버지와 어머니를 차례로 잃었다고 했지요? 집안의 어른은 외할머니밖에 남지 않았는데, 외할머니는 고심 끝에 손주들을 사위의 고향인 강원도에 데려다 주기로 합니다. 하지만 고향 용담의 친척들은 삼 남매를 그다지 반가워하지 않았다고 해요. 우여곡절 끝에 이태준은 어느 친척 집의 양자로 들어갑니다. 아들이 없었던 그 친척은 이태준을 친아들처럼 키우겠다며 입양을 했대요. 하지만 이태준은 그 집에서 모진 구박과 냉대만 받게 됩니다. 그 집 딸이 특히나 어린 이태준을 못살게 굴었는데, 마음대로 심부름을 시키는가 하면 잘못을 해 놓고 그걸 덮어씌우기도 했습니다. 그래서 어린 이태준은 밤이 되기만 기다렸다고 해요. 낮에는 심부름하고 눈치 보느라 힘들지만, 밤에는 누워서 그리운 할머니, 누나, 동생을 얼마든지 상상할 수 있었으니까요.

설상가상으로 그 양아버지마저 돌아가셔서 이태준은 이 집 저 집으로 떠돌아다니는 신세가 됩니다. '거지'라는 모욕적인 말을 듣고 구박을 당하면서도, 이태준은 공부에 대한 흥미를 잃지 않았다고 해요. 아버지의 사촌 형제인 당숙이 설립한 봉명학교에 진학해서 산수도 배우고, 한글도 배우고, '학도가' 등의 창가도 배우지요. 이태준은 『사상의 월야』라는 장편소설에서 자신의 유년 시절에 대해 제법 자세한 이야기를 풀어 놓습니다. 이 소설에서 이태준은 봉명학교 시절을 이렇게 회상하고 있어요.

송빈이는 학교 공부가 재미났다. 또 새벽 나팔 소리에 깨는 것이 즐거웠다. 송빈이는 목총 한 자루를 받았다. 남처럼 각반*까지는 차지 못하나, 짚세기*에 등매를 단단히 하고 탄환도 없는 나무 총이나마 묵직한 것을 메고, 어서 뛰어나오라고 급히 부르는 듯한 나팔 소리를 다시 들을 때에는 어렴풋하나마 남자라는 것은 글공부만 잘해서도 안 된다는, 어떤 기개를 느꼈다. 나이로는 아직 조무래기 축이나 송빈이는 험준한 모시울 산에서 고자바리* 짐을 지고 풀풀 달리던 다리라, 굵은 패에 과히 떨어지지 않았다. 학과는 물론이요 체조 끗수*에도 송빈이는 큰 아이들을 쫓아갔다. 일 학기 시험에 송빈이는, 아이까지 낳았다는 갓 스물짜리 어른도 몇이 있는 사십여 명 속에서 대뜸 둘째를 하였다.

– 장편소설 『사상의 월야』 중에서

송빈이가 바로 이태준의 어린 시절을 반영한 인물이에요. 서당에 다닌 학력이 전부이던 이태준이 2학년으로 입학하자마자 대뜸 학급 2등을 했다니, 대단하지 않나요? 이태준이 소학교에 다니던 1910년대에는 신식 학교가 세워진 지 얼마 안 되었기 때문에 같은 학급에 스무 살이 넘은 청년도 있었습니다. 그런 인생 경험이 많은

각반 종아리에 돌려 감는 띠
짚세기 짚신
고자바리 땔감으로 쓰는 썩은 그루터기
끗수 점수

형님들을 제치고 한 2등이면 칭찬할 만한 것이지요.

봉명학교에 다니던 시절에도 이태준은 여전히 가난했습니다. 눈칫밥을 얻어먹어 가며 사립 봉명학교를 졸업한 것이 1918년이에요. 물론 우수한 성적으로 졸업하지요. 하지만 보증인도, 입학금도, 교재를 살 돈도 없던 터라 상급학교 진학을 포기하고 있다가, 한 친척의 도움으로 겨우 읍내 농업학교에 입학하게 됩니다.

하지만 큰 꿈을 가지고 있던 이태준은 농업학교의 수준에 전혀 만족할 수 없었습니다. 면 서기, 헌병 보조원, 군청 직원이 장래 희망이라고 말하는 친구들을 보면서 '이건 아니다.'라는 생각을 하게 된 거죠. 농업학교에 입학한 지 한 달 후, 이태준은 친척 아주머니가 북어를 사 오라고 주신 돈 60전을 들고 가출해 버립니다. 재워 주고 먹여 주던 친척 집마저 떠났으니 고생이 얼마나 더 심해졌을까요? 이태준은 노숙을 하며 원산까지 걸어갑니다. 원산까지 가는 과정을 읽어 보면 안쓰러운 마음에 눈물이 저절로 나올 정도입니다. 굶주림을 견디다 못해 소여물을 뒤져 거기에 섞인 콩을 골라 먹는 이야기도 나오고, 말리기 위해 널어놓은 북어에서 눈깔을 빼 먹다가 매를 맞는 이야기도 나오거든요. 이렇게 우여곡절 끝에 가까스로 원산에 도착하지만, 이번에는 돈 없이 여관에 머물렀다가 크게 봉변을 당합니다. 주인한테 잔뜩 욕을 먹고 있는데, 그때 소설의 한 장면처럼 한 어른이 구세주처럼 등장해서 어린 이태준을 구해 줬다고 합니다. 그리고 그것이 인연이 되어 이태준은 그 어른이 경영하는 객줏집에서 사환으로 2년 동안 일을 하지요.

1920년 이태준은 드디어 서울로 올라와 배재학교 입학시험을 치릅니다. 먼저 입학했던 학생 중에 결원이 생겨 그 빈자리를 채우기 위한 시험이었어요. 그런데 시험에는 합격했지만, 안타깝게도 학비를 마련하지 못해 입학하지 못합니다. 그리고 이듬해인 1921년 휘문고등보통학교에 다시 입학하게 되지요. 휘문고보에서도 항상 체납자 명단에 들 정도로 경제 사정이 좋지 않았지만, 교장 선생님의 도움으로 공부를 계속할 수 있었습니다. 어려운 처지를 알게 된 교장 선생님이 학비를 면제받도록 주선해 주신 거죠.

이태준의 문학적 재능은 휘문 시절부터 발휘됩니다. 학예부장[*]으로 일하는가 하면, 휘문고보의 교지인 〈휘문(徽文)〉에 글을 싣기도 해요. 〈휘문〉 2호에는 이태준의 글이 6편이나 실리는데, 글을 뽑아 준 선생님이 바로 유명한 시조 시인인 가람 이병기 선생이었습니다. 하지만 이태준은 고등학교 졸업장을 받지 못합니다. 졸업을 일 년 앞두고 퇴학당했기 때문이에요. 당시 학교 운영에 비리가 있다는 사실을 알게 된 학생들이 이에 항의하는 시위를 일으켰는데, 그가 이 시위에 앞장섰던 거지요. 학교 측의 도움을 받아 학교를 다니는 학생이라면, 보통은 이런 데모에 참가하라고 해도 주저했을 것입니다. 특혜를 준 교장 선생님 보기에도 민망하고, 또 현실적으로 장학금이 중지될 수도 있는 거니까요. 하지만 이태준은 동맹휴

학예부장 문학, 연극, 영화, 음악, 미술 등 학문과 예능을 담당하는 자리. 이태준은 나중에 신문사에 들어가서도 학예부장이 된다.

교"를 주도하다가 결국 퇴학을 당하고 맙니다.

한 수필에서 이태준은 휘문에 대한 추억이 아름다운 것만은 아니지만, 그래도 그 시기가 잊을 수 없는 황금시대였다고 이야기합니다. 괘씸죄로 자신을 퇴학시킨 학교가 마냥 좋을 수만은 없는 게 인간의 솔직한 마음일 거예요. 그리고 휘문에서 학교 비리와 부정직한 교사를 많이 보았던 탓인지 그의 소설에서는 사립학교와 사립학교 교원이 부정적으로 그려지는 경우가 많답니다.

휘문고보에서 퇴학 처분을 당한 이태준은 한 친구의 도움을 받아 일본 유학길에 오르게 됩니다. 자기 나라에서도 찢어지게 가난했던 생활이었는데 일본에서는 얼마나 더 어려웠을까요? 이태준이 겪은 어려움은 우리가 상상할 수 없을 정도였습니다. 이태준은 신문 배달, 과자 장사 등 힘겹게 각종 아르바이트를 해 가며 일본 상지대학 예과에 다녔지요. 그리고 은사였던 미국인 베닝호프에게 많은 도움을 받았다고 합니다. 그런데 그의 꼬장꼬장한 성격은 일본 유학 역시 포기하게 만듭니다. 베닝호프가 조선 유학생을 차별하는 것에 실망하여 후원을 거절하고 조선으로 돌아와 버린 거예요. 현실과 타협을 할 법도 한데, 이태준의 성격도 참 대단하다 싶지요.

여러분은 휘문고보의 일화나 동경에서의 일화에서 이태준이 한 성깔 하는 사람이라는 걸 충분히 짐작할 수 있을 거예요. 네, 맞아

동맹휴교 어떤 주장을 관철시키기 위해 학생들이 집단으로 한동안 수업을 거부하는 일. 휘문고보는 교육을 통해 나라의 힘을 길러 일제에 대항하고자 세워진 민족 학교였으나 설립자였던 명성황후의 친척 민영휘의 힘이 너무 커 학교 운영에 간섭을 받는 등 문제가 생기기도 하였다.

요. 불의와 타협하지 않는 성격, 꼬장꼬장한 다혈질의 성격! 이태준의 소설을 보면 타락한 현실에 분노해서 맥주병을 집어 던지거나 주먹질을 하는 다혈질의 주인공이 종종 등장하는데, 젊은 시절 그의 성격도 아마 이 주인공들과 비슷했던 것 같습니다.

그러나 동경 유학은 중도에 포기했지만 이태준은 유학 중이던 1925년 소설가로 문단에 데뷔합니다. 〈조선문단〉이라는 잡지에 보낸 단편소설 「오몽녀」가 입선을 한 거예요. 처음 발표한 이 소설이 이태준의 최고작만큼 높은 완성도를 보이는 것은 아니지만, 이 처녀작에는 이후 이태준 문학의 DNA라고 부를 수 있는 것들이 고스란히 포함되어 있습니다. 이태준의 가장 큰 장기로 꼽히는 것이 '생동하는 인물'을 창조한다는 점인데, 이 소설에도 오몽녀라는 독특한 캐릭터가 등장하지요. 오몽녀라는 이름부터 무척 독특하지요? 예쁘고 젊은 오몽녀는 남편 말고도 두 남자 사이에서 양다리를 걸치고 있는데, 그러면서도 별 죄의식을 느끼지 못하는 여자랍니다.

주인공 오몽녀가 나쁜 여자 아니냐고요? 오몽녀가 도덕과 정조에 대한 개념이 없는 건 맞아요. 하지만 알고 보면 그녀의 신세도 꽤 불쌍하답니다. 오몽녀는 아홉 살에 시집을 옵니다. 장님인 지참봉이 돈 삼십 원을 주고 데려온 거니까, 시집왔다고 말하기도 뭣하네요. 냉정하게 말하면 팔려 온 거지요. 1920, 1930년대에는 돈을 받고 어린 딸을 민며느리로 내주거나 술집에 파는 일이 흔했습니다. 가난한 집에서 태어난 오몽녀 역시 이런 사정으로 장님에게 팔려

온 거죠. 남편의 직업은 점쟁이였는데, 수입이 변변치 않았습니다. 나이는 아버지뻘에다가 돈벌이도 시원치 않으니 오몽녀의 불만이 이만저만이 아니었겠지요.

물론 남편의 신세도 불쌍합니다. 오몽녀가 남편을 전혀 사랑하지 않거든요. 무개념인 오몽녀는 맛있는 반찬을 혼자서 먹어 치우는가 하면 대놓고 바람을 피우기도 합니다. 게다가 지참봉은 오몽녀에게 흑심을 품고 있던 순사에게 독살당하고요. 그 후 오몽녀는 순사의 여자가 됐을까요? 그렇지도 않아요. 오몽녀는 순사 말고도 금돌이라는 젊고 건강한 총각과 연애 중이었거든요. 거추장스럽던 남편이 죽은 뒤 오몽녀가 살림을 챙겨서 금돌이와 배 타고 도망가며 소설은 끝납니다.

이태준과 함께 구인회 회원으로 활동했던 박태원은 「오몽녀」에 대해 "한 시골 여자의 무절제한 성생활"이라고 평한 적이 있습니다. '무절제한 성생활'이란 표현이 적나라하면서도 꽤나 정확하지요? 이 소설은 이렇게 자극적인 내용을 담고 있어서인지 1930년대 후반에 영화로 만들어지기도 했어요. 〈아리랑〉으로 유명한 영화감독 나운규가 각색과 감독을 맡았었다고 합니다.

그런데 여러분은 자기 욕망에 충실한 오몽녀가 어떻게 보이나요? 우선 오몽녀가 전통적인 여성상과는 거리가 멀다는 생각이 들 거예요. '전통적인 여성' 하면 춘향이나 심청이, 신사임당과 같은 인물이 떠오르잖아요. 그런데 오몽녀는 춘향이처럼 정조를 지키지도 않고, 신사임당처럼 현모양처인 것도 아닙니다. 게다가 오몽녀는 윤리나 도덕 대신 자기 욕망을 따르는 인물이지요. 그래서 방탕한 여자라고 생각할 수도 있어요. 그런데 독특한 것은 이태준이 오몽녀를 방탕한 여자로 낙인찍지 않았다는 거예요. 소설을 읽어 보면 오히려 매력적이고 발랄한 캐릭터로 그렸다고 볼 수 있을 정도입니다.

문학작품 속의 캐릭터를 이해할 때는 비슷한 인물형을 떠올려 보는 것도 좋은 방법이에요. 예를 들어 김동인의 「감자」에 나오는 복녀를 떠올려 봅시다. 복녀도 비슷한 나이에 가난하고 나이 많은 남자에게 시집오지요. 다른 점이 있다면 복녀는 나름 뼈대 있는 가문에서 자라서 머릿속에 도덕에 대한 개념이 박혀 있었다는 거죠. 하지만 가난하고 험한 삶을 살면서 복녀는 차차 타락의 길을 걷습니다. 뙤약볕에서 땀을 흘리며 송충이를 잡는 것보다는 그늘에 앉아 남자 감독들과 노닥거리는 걸 선택하게 된 거예요. 게다가 아이러니하게도 땀 흘리지 않는 그 일의 품삯이 더 많기까지 하고요.

그런데 「감자」를 읽을 때에는 복녀가 괜찮은 여자처럼 느껴지지 않아요. 왜냐하면 작가 김동인이 복녀를 부정적으로 보도록 이야기를 이끌어 가기 때문입니다. 김동인은 작품 속에서 복녀가 사람이라면 지켜 마땅한 도덕을 내팽개친 음탕한 여자라는 인상을 자꾸 줍니다. 왕 서방과 부적절한 관계를 맺던 복녀가 시기심에 눈이 멀어 왕 서방을 죽이려다 도리어 그 낫에 맞아 죽는 결말도 왠지 인과응보 같은 느낌이 들지요. '복녀가 이렇게 나쁜 짓을 하더니 결국 낫에 맞아 죽는구나.' 하는 생각을 하게 되는 것입니다.

반면에 이름에 '꿈 몽(夢)'이 들어가서인지 오몽녀는 이름부터 음탕한 여자라기보다는 발랄하고 솔직한 인간으로 느껴집니다. 그냥 자기 본능에 충실하고 활기찬 젊은 여자로 다가오는 거죠. 김동인은 복녀를 '질이 나쁜 여자'라는 선입견을 갖고 그리지만, 이태준은 오몽녀를 그냥 있는 그대로 그리는 거예요.

이처럼 생동하는 인물을 창조하는 능력은 이태준의 가장 큰 장기로 꼽힙니다. 이태준은 자주 소설 창작의 성패가 인물 창조에서 판가름 난다고 말하곤 했지요. 더 자세히 말하면 이태준은 이제까지 보아 왔던 인물이 아닌 새로운 인물형을 창조하거나, 혹은 그 인물을 새로운 관점과 시각으로 보여 주는 데 탁월한 능력을 가지고 있었던 거죠. 그리고 그 특징을 처녀작인 「오몽녀」에서부터 찾아볼 수 있는 것입니다.

자존심 강한 백수 청년

이태준이 일본 유학을 중도에 포기하고 돌아온 것이 1927년, 그의 나이 24살 때였어요. 뒤를 받쳐 줄 사람 하나 없는 고아인 데다가 유학마저 중도에 그만두고 귀국한 이태준은 또다시 팍팍하고 고달픈 삶을 살아야 했습니다. 이태준의 소설 가운데 「고향」이라는 작품이 있는데, 이 소설을 통해 우리는 동경 유학에서 돌아온 직후 이태준이 겪었을 어려움과 고단한 마음을 짐작해 볼 수 있지요. 소설 주인공의 처지가 실제 이태준의 처지와 아주 비슷하기 때문입니다.

이 소설처럼 작가의 실제 삶이 많이 반영된 소설을 '자전소설' 혹은 '사소설'이라고 합니다. 이태준 소설 중에는 자전소설이라고 부를 만한 작품들이 꽤 많아요. 「고향」, 「달밤」, 「토끼 이야기」, 『사상의 월야』 등이 대표적인 자전소설인데, 이 소설들에는 이태준과 꼭 닮은 주인공이 나오지요. 이렇게 설명하면, 자전소설이 수필과 같은 것이냐고 묻는 친구들이 있습니다. 참 똑똑한 질문이에요. 이름만 다르지 자전소설에도 수필처럼 작가의 실제 삶이 반영되니까요. 하지만 자전소설은 어디까지나 소설, 즉 '픽션'이에요.

픽션이란 허구, 그러니까 가짜를 말합니다. 자전소설은 작가의 진짜 삶처럼 보이지만, 어디까지나 소설인 거예요. 다만 작가가 상상만으로 이야기를 지어내는 게 아니라 자신의 실제 경험을 바탕으로 이야기를 들려주기 때문에 리얼리티와 감동이 훨씬 더 강렬할 뿐입니다. 그러니까 자전소설에 나오는 이야기를 진짜로 믿어 버리면 곤란하겠지요? 하지만 자전소설에 담긴 자전적인 내용들은 우리가 작가의 행적을 좇아가는 데 적잖은 도움을 준다는 점에서 유익하게 활용된답니다. 가령, 소설 「고향」의 주인공 김윤건을 작가 이태준의 분신으로 이해하면 작가의 삶을 재구성하는 데 큰 도움이 되지요. 그럼 이태준과 그의 분신 김윤건의 싱크로율이 어느 정도인지 한번 볼까요?

실제 이태준이 그랬듯이, 소설의 주인공 김윤건도 고아인 데다 각종 아르바이트로 학비와 생활비를 충당했던 고학생이에요. 그리고 동경에서 겪었던 어려움은 물론 귀국 후 직장을 잡지 못해 애를 먹는 것도 비슷합니다. 게다가 돈 좀 있다고 거들먹거리는 또래 친구들에게 한 성깔 부리는 장면을 보면 딱 이태준이 떠오르지요. 이태준은 김윤건이라는 인물을 설정해 놓고 자기가 겪었던 일을 허심탄회하게 말하고 있는 건지도 모릅니다. 다른 사람 이야기를 하는 것 같지만, 정작 자기 이야기를 하는 거라고 할까요.

유학 생활은 힘들었지만 「고향」의 주인공 김윤건은 꽤나 명랑한 기분으로 귀국길에 오릅니다. 이건 아마 이태준의 자부심과 관련되어 있을 거예요. 돈 많은 부모에게 의지한 게 아니라 어려운 환경에서도 스스로 돈을 벌어 공부했다는 자부심, 앞으로 조국을 위해 헌신하겠다는 다짐으로 김윤건의 기분은 한껏 들떠 있는데, 소설에서 김윤건은 자기 심정을 이렇게 털어놓고 있습니다.

> 윤건은 참으로 유쾌하였다. 남들은 사오천 원씩 돈을 쓰고도 저마다 못 가지고 나가는 대학 졸업장이라는 것보다 육 년 전에 동경까지 오는 차표 한 장만을 쥐고 와서 방학 때 한 번을 남과 같이 놀아 보지도 못하고 제 손으로 신문을 돌리며 제 손으로 우유 구루마를 끌어서 나무껍질같이 굳어진 손바닥에 떨어지는 졸업장이기에 유쾌스러웠다. 소리쳐 자랑하기에 떳떳한 것이기에 유쾌스러웠다.
>
> — 소설 「고향」 중에서

생동하는 캐릭터의 탄생, 시대의 현실을 담다

부모가 대 주는 돈으로 유학을 마친 귀공자들과 자신이 본질적으로 다르다는 자부심이 대번에 느껴지지 않나요? 게다가 아르바이트로 바빴으면서도, 김윤건은 그가 다닌 M대학 정치학부 교수들이 혀를 내두를 정도의 졸업 논문을 썼다고 하니 정말 대단하죠? 바로 낮에는 일하고 밤에는 공부한다는 '주경야독(晝耕夜讀)'의 성공 사례라고 할 수 있을 거예요. 물론 김윤건이 우수한 성적으로 대학을 졸업했다는 소설 내용은 이태준의 실제 이력과는 다른 부분입니다. 이태준은 동경 상지대학 예과에 적을 두지만, 학업을 마치지 못하고 1927년 귀국했다고 했잖아요. 왜 사실과 다르냐고요? 아까 말한 것처럼 사소설, 자전소설도 허구인 소설일 뿐이니까요. 작가는 소설적인 효과를 높이기 위해서 사실을 과장하거나 축소할 수 있지요.

이태준이 자신과 비슷한 김윤건이라는 주인공을 내세워서 소설을 쓰는 이유는 '있었던 일을 그대로 한번 써 봐야지.'라는 데 있는 게 아니에요. 자신과 닮았지만 살짝 다른 주인공의 삶을 통해 못 이룬 꿈을 이루고 싶은 걸 수도 있지요. 아르바이트 때문에 공부를 충분히 못하고 졸업도 못한 게 한이 되어서 소설 주인공은 우수한 성적으로 졸업시켰는지도 몰라요. 소설에서 자기 한을 풀어 보는 거라고 할까요? 하지만 우수한 성적으로 대학을 마친 김윤건의 인생이 마냥 술술 풀리는 건 아닙니다. 대학을 중퇴하고 돌아온 이태준만큼이나 취업이 안 되지요. 유학까지 다녀왔는데 왜 취직이 안 되는지 이해가 안 된다고요? 혹시 동경 유학생 출신이라 눈이 너무 높아 좋은 직장을 고르느라 그랬을까요? 아니요, 전혀 그렇지 않답니다. 「고향」을 읽어 보면 주인공이 취직을 위해 얼마나 애를 쓰고 있는지 짐작할 수 있어요.

　　윤건은 A신문사를 방문하였다. 사장을 찾으니 수부[*]에서 명함을 달란다. 명함이 없다 하니까 어데서 온 누구냐고 묻는다. 윤건은 동경서 왔는데 만나 볼 일이 있다고 뻗대었다. 사장을 만나 인사한즉 사장은 찾아온 요건을 물었다. 사무적 요건이 아니라 싱거운 꼴만 보이고 나왔다. B신문사를 찾아갔다. 이번에는 편집국장을 찾아갔다. 역시 명함 달라는 급사에게 동경서 왔다고 내어대고 편집국장을 만나 보게 된 바 편집국장은 방문객의 차림차리가 학생복이란 말을 듣고 무슨 기사에 관한 일인 줄 알고 수십 명 직원이 둘러앉은 편집실에 앉은 채 들어오라 하였다. 윤건은 두 번째니까 좀 나을 줄 알았던 말문이 아까보다도 막혀 버렸다. 좌우전후에 둘러앉아 붓만 놀리던 사람들이 힐끗힐끗 쳐다보았다. 윤건은 또 쑥스러운 꼴만 보이고 나오고 말았다.
　　그 다음날 아침에는 신간회(新幹會)[*]를 찾아갔다. 그러나 그곳에는 명함 달라는 수부도 없이 문이 잠겨 있었다. 다시 모모 잡지사를 찾아다녔으나 '김윤건'이란 가십거리 성명도 못 되기 때문

수부 접수처
신간회 1920년대에 만들어진 항일 단체

생동하는 캐릭터의 탄생, 시대의 현실을 담다

에 한 군데서도 탐탁하게 응접해 주는 데가 없었다.

– 소설 「고향」 중에서

김윤건은 취직이 얼마나 급했으면 쑥스러움을 무릅쓰고 자신을 찾지도 않은 신문사로, 또 잡지사로 담당자를 만나러 다닐까요? 이태준도 김윤건처럼 귀국 후에 이 신문사, 저 신문사로 찾아가 일자리를 부탁했었대요. 물론 어디에서도 '같이 일해 봅시다.'라는 제안을 듣지 못했고요.

김윤건이 자신을 퇴학시켰던 모교에 찾아가는 장면을 보면 마음이 조금 짠해집니다. 자기를 퇴학시킨 학교를 제 발로 찾아가서 취직 이야기를 내비칠 때 얼마나 큰 굴욕감을 느꼈겠어요. 하지만 먹고살자니 자존심도 내려놓을 수밖에 없는 거지요. 이렇게 자존심 상해 가며 머리를 숙여 보지만, 모교에서는 그를 전혀 달가워하지 않습니다. 학교 입장에서 보자면 학교와 교사들의 비리를 고발하는 시위에 앞장섰던 그가 뭐 그리 반갑겠어요? 여기서 더 열 받는 건 예전 동맹휴학 때 비열한 행동을 했던 동기가 학교 교사로 자리를 잡고 있었다는 거지요.

소설 「고향」의 마지막에는 취직을 못한 김윤건이 난동을 부리는 장면이 나옵니다. 귀국길에 처세에 능해 보이던 청년을 만났었는데, 그는 이미 은행에 취직이 예정되어 있었지요. 게다가 다시 만난 그 청년이 자꾸 술을 한잔 산다고 생색을 내니, 자존심 강한 김윤건, 즉 이태준이 폭발하고 만 거예요.

은행원은 들었던 맥주 고뿌*를 놓고 소리를 지르며 윤건에게 손을 내밀어 악수를 청하였다. 윤건도 그가 소리를 지르는 바람에 획 하고 맑은 정신이 지나갔다. 그때 마침 아까 지나오던 방에서 박수하는 소리도 울려 왔다. 윤건의 가슴 속에서는 뿌지뿌지하고 타들어 가던 폭발탄이 터지고 말듯 소리 크게 터지는 것이 있었다. 윤건은 은행원의 손을 잡는 대신 맥주병을 거꾸로 잡았다.

– 소설「고향」 중에서

돈도 많고 직장도 좋은 친구에게 술에 취해 난동을 부리는 김윤건의 모습이 딱하다 못해 약간 지질해 보이지요? 부모 덕에 고생 모르고 자라서 좋은 자리에 취직한 게 얄밉긴 해도, 이 은행원에게 무슨 죄가 있는 건 아니잖아요. 하지만 은행원에게 분노를 표현하는 윤건의 모습을 통해 우리는 당시 이태준이 느꼈을 좌절감과 분노를 조금이나마 이해할 수 있습니다.

이태준은 왜 금방 취직을 못하고 고생해야 했을까요? 이태준의 첫 정식 직장은 잡지사인 '개벽사'였고, 개벽에 입사한 게 1929년입니다. 그러니까 이태준은 귀국하고도 직장을 구하지 못한 채 적지 않은 시간을 보냈던 거죠. 이태준의 처지도 안됐지만, 고학력자가 취직을 못하는 것은 이태준이 살던 시대에 비일비재한 일이었습니다. 당시는 돈 없고 빽 없는 청년이 좋은 직장에 들어가기가 낙타가

고뿌 '컵'의 일본식 표현

바늘구멍에 들어가는 것보다 어려웠던 시대였지요. 요즘 대한민국의 청년 실업도 심각하지만, 1930년대 식민지 조선의 실업난은 지금과는 비교가 안 될 정도였다고 해요. 특히, 문과 출신의 고학력 실직자 문제는 정말 심각했습니다.

공부를 많이 했는데도 왜 그렇게 취직이 힘들었을까요? 근본적인 원인은 일제의 정책에 있었습니다. 일본은 근대화라는 이름 아래 많은 고등교육기관의 인가를 내주었습니다. 신식 교육을 받게 하면 서양에 뒤처지지 않게 되고 또 식민지를 지배하는 데에도 도움이 되었으니까요. 학교가 많아진 것 자체가 나쁜 건 아니었습니다. 누구나 교육의 기회를 누릴 수 있다는 것은 분명 좋은 일이니까요. 하지만 문제는 일제가 학교의 인가만 내주었을 뿐 졸업생들의 취업에 대해서는 나 몰라라 했다는 데 있었습니다. 가령, 국가기관과 같이 좋은 직장에는 조선인을 절대 고용하지 않는 것입니다. 자신들의 구미에 맞는 교육은 허락하되, 고용은 하지 않는 차별을 했던 것이죠. 때문에 이 시기에는 많이 배울수록 취직을 못하게 되는 아이러니가 생겨났던 것이지요.

1934년에 발표된 채만식의 「레디메이드 인생」이 바로 고학력 취업난의 현실을 풍자한 대표적인 소설입니다. 이 소설의 주인공은 고등교육을 받았지만 직장을 갖지 못한 실업자입니다. 김윤건이 그랬던 것처럼 「레디메이드 인생」의 주인공도 신문사 사장에게 취직을 부탁하지요. 그리고 당연한 순서인 것처럼 거절을 당하고요. 일자리를 구하지 못한 주인공에게 설상가상으로 시골에서 아들이 찾아옵니다. 충격적인 것은 주인공이 아들을 인쇄소에 심부름꾼으로 취직을 시킨다는 점이에요. 많이 배워 봤자 아무 소용이 없다고 생각하기 때문에 자식에게 이런 일을 하는 거지요. 채만식은 이 소설에서 고학력 실직자를 만들어 낸 책임이 일본의 잘못된 정책에 있다고 분명히 지적합니다. 하지만 이태준이「고향」에서 지식인의 실업난을 다루는 방식은 채만식처럼 직접적이지는 않지요.

물론 주인공 김윤건이 처한 상황을 전체적으로 이해하면 그의 현실과 일본의 정책이 무관하지 않다는 것을 짐작할 수는 있습니다. 일제를 직접적으로 비판했다기보다는 간접적으로 비판한 것이지요. 그런데 문학의 사회적 기능을 강조하는 비평가들은 이태준의 이런 태도가 불만이었습니다. 문학의 사회성을 강조하는 비평가들은 사회의 구조적 모순*을 파헤친 소설을 좋은 소설이라고 보기 때문입니다. 문학작품은 언제나 현실의 잘못된 부분을 꼬집어 주고 사회가 올바른 방향으로 나아가도록 도와야 한다는 거죠.

이들의 입장에 의하면,「고향」은 좀 못마땅한 소설입니다. 좋은 소설이 되려면 고학력 실업자 문제를 일본의 식민지 정책과 연결해서 설명해야 하는데 그렇지 못했다는 거죠. 김윤건이 현실의 문제가 일제의 잘못된 정책에서 비롯됐다는 것을 깨닫고 어떤 저항을 보여 주면 더 좋고요. 이태준의 주인공이 보이는 행동은 고작 맥주

사회의 구조적 모순 자본주의, 공산주의, 식민지 등 그 나라가 처한 모습에 따라 원래 갖고 있는 문제들. 즉, 그 사회의 법과 제도가 처음부터 잘못되었기 때문에 개인이 아무리 노력해도 극복할 수 없는 문제들을 사회의 구조적 모순이라고 한다.

생동하는 캐릭터의 탄생, 시대의 현실을 담다

병을 집어 던지는 정도에 불과했으니 실망할 만도 하지요.

그렇지만 짧은 분량의 단편소설에서 사회의 구조적 모순을 추적하기란 쉬운 일이 아닙니다. 또한 「고향」을 발표할 당시 이태준이 아직 창작을 많이 해 보지 않은 젊은 나이라는 점도 감안할 필요가 있어요. 1930년대 후반에 발표한 소설을 보면, 사회와 현실에 대한 이태준의 생각이 좀 더 무르익고 정교해지거든요. 사회와 현실에 대한 이해가 성숙해진 데에는 이태준의 경험이 큰 영향을 끼쳤을 거라고 생각해요. 「아무 일도 없소」라는 소설을 보면 기자 생활을 시작하는 주인공의 모습이 희극적으로 그려지는데, 그의 모습에서 이태준의 모습이 많이 연상됩니다. 소설 속 주인공은 이태준처럼 잡지사에 취직하게 되는데, 편집장은 기자에게 '에로'를 취재해 오라고 시켜요. 네, 남녀 간의 진한 애정이 담긴 바로 그 에로 기사 말이에요.

편집장은 잡지를 많이 팔려면 에로처럼 자극적이고 선정적인 기사를 실어야 한다고 주장해요. 독자의 눈길을 사로잡을 만한 자극적인 제목을 뽑아야 한다며 진지하게 토론하는 부분을 읽으면 쓴웃음을 짓지 않을 수 없지요. 주인공은 기자 생활을 시작하면서 "나의 붓은 칼이 되자. 저들을 위해서 칼이 되자. 나는 한 잡지사의 기자가 된 것보다는 한 군대의 군인으로 입영한 각오가 있어야 한다."라는 다짐을 했던 인물이에요. 그런 그에게 떨어진 임무가 에로 기사 취재이니, 허탈해질 수밖에 없는 거죠.

이태준도 주인공처럼 괴로웠을 거예요. 마음 같아서는 잡지사 문을 박차고 나오고 싶었겠지만 현실을 보면 그럴 수가 없었지요. 이 태준이 잡지사에 취직한 건 귀국한 지 2년이 지나서였어요. 2년의 백수 생활 끝에 간신히 얻은 일자리인데 자기 입맛과 안 맞는다는 배부른 소리를 할 수가 없는 거죠. 집 걱정, 밥걱정 안 하려면 무슨 일을 시키더라도 군소리 없이 그 일을 해야 하니까요. 이른바 '이상' 과 '현실' 사이의 갈등인 것입니다.

K는 씹은 밥이 목구멍으로 잘 넘어가지를 않았다.

그러나 그것도 잠깐이었다. K는 이렇듯 델리킷한* 번민은 자 기의 조그만 현실 앞에서도 그리 목숨이 길지 못하였다.

"반찬이 없어서…… 방이 더웠는지, 오늘은 풍세*가 있길래 석 탄을 두 덩이나 더 넣었지만……."

하면서 문을 열어 보는 주인마님의 상냥스러워진 얼굴, 밥값 도 싫으니 방이나 내놓으라고 밀어내듯 하다가 취직이 되었다 는 말을 듣고부터는 갑자기 딴사람처럼 상냥스러워진 그 주인 마님의 얼굴을 마주칠 때 K의 그 델리킷한 번민은 봄바람 앞에 눈 슬듯 사라지고 만 것이다. 석 달치 밥값! 뒤축이 물러앉은 구 두! K는 벌써 아직도 여러 날 남은 월급날을 꼽아 보았다. 그리고 편집국장이 자기만 따로 불러 가지고 특별히 주의시켜 주던 것이

델리킷한 나약한
풍세 바람의 기세

생각났다.

"그런 데 가서는 창부나 밀매음녀*를 만나더라도 문학청년식
으로 센티멘털한* 인도감(人道感)*을 일으켜서는 실패합니다."

– 소설 「아무 일도 없소」 중에서

이태준의 분신인 소설 주인공은 매음굴로 취재를 가야 하는 일
앞에서 감상적인 고민을 하게 됩니다. 여러분이라도 '내가 이러려
고 그렇게 열심히 노력해서 기자가 되었나?'라는 고민과 불평을 했
겠죠? 주인공은 사직서를 내던지고 싶은 마음이 굴뚝같지만, 그럼
에도 사직서를 내지는 못해요. 사직서를 내지 못하게 하는 그 힘이
바로 '현실의 힘'인 거죠. 소설에 나오는 주인마님이 바로 현실의 힘
을 상징하는 인물일 거예요. 주인공은 취직 이후 갑자기 상냥스러
워진 주인아줌마를 떠올리며 직장을 때려치우고 싶은 마음을 추스
르지요.

이런 고민이 이태준만의 것은 아닐 것입니다. 시대를 초월하여
많은 사람들이 이상과 현실 사이에서 고민하고 갈등하며 살게 마련
이니까요. 이태준은 일찍 부모님을 여의고 혼자 힘으로 살았던 터
라 현실의 압력에 더 민감했을 거예요. 부모님의 보호 아래 살았던
다른 친구들과 달리, 이태준은 아주 어려서부터 현실의 힘을 피부

밀매음녀 몰래 성매매를 하는 여자
센티멘털한 감상적인
인도감 인간을 사랑하고 동정하는 마음

로 느꼈을 것입니다. 그래서인지 소설에서도 이상과 현실 사이에서 겪는 갈등을 절실하게 표현해 낸답니다. 「고향」의 김윤건이 잘나가는 친구들에게 갖는 분노에 가까운 절망감이라든가, 「아무 일도 없소」의 K가 직장을 때려치우고 싶어도 그런 선택을 하지 못하면서 겪는 갈등은 소설 속에 너무도 생생하게 드러나 있지요.

그것이 다른 사람의 이야기가 아닌 바로 자신의 경험과 감정이었기 때문에 이태준은 그토록 절실하고 생생하게 표현할 수 있었을 것입니다. 가난과 고독을 겪으며 많이 힘들었겠지만, 그것이 세상을 깊이 이해하는 힘이 되고 소설을 살아 있게 만드는 자산이 되었으니 그래서 젊어서 고생은 사서도 한다는 말이 있나 봅니다.

옛 물건과 속닥속닥
| 이태준의 상고주의 |

골동품은 나이 지긋하고 꼬장꼬장한 할아버지들이나 좋아하는 물건
일까요? 그렇다면 골동품을 좋아한 이태준도 낡고 고루한 사람이었
을까요? 모던 보이 이태준은 왜 골동품을 그토록 사랑했을까요?

골동품 No, 고완품 Yes!

사람들은 골동품이라면 '누가 언제 이 물건을 어떻게 썼을까?'
대신 '대박! 진품일까, 명품일까?'라는 생각부터 합니다. 옛 물건을 보
면 옛사람들의 삶을 먼
저 떠올려야 하는데 '돈'

부터 떠올리지요. '골동
품을 알면 역사와 돈이
보인다.'라는 말까지 생
겨날 정도입니다. 이태
준이 살던 시대에도 마
찬가지였지요. 그래서
이태준은 남들이 자신을

'골동품 수집가'라고 부르는 것을 매우 싫어했다고 해요. 자신의 골동품 사랑은 골동품의 가치를 모른 채 겉멋으로 골동품을 사 모으는 귀족적이고 호사스러운 취미가 아니라고 주장했지요.

그런 까닭에 이태준은 골동품이라는 말 대신 '고완품'이라는 말을 사용합니다. 이태준이 골동품이란 말을 싫어한 이유는 골동품(骨董品)이란 단어에 들어있는 '뼈 골(骨)' 자 때문입니다. 그는 죽음을 뜻하는 '골' 자는 자연스럽게 골동품이 쓸모없고 무가치하다는 인상을 준다고 여겼지요.

질박하고 그윽한 아름다움에 빠지다

이태준은 선조들이 남긴 글씨와 그림인 고서화, 그리고 옛사람들의 손때가 묻은 그릇들을 매우 사랑했다고 합니다. "빈 접시요, 빈 병이다. 담긴 것은 떡이나 물이 아니라 정적과 허무다. 그것은 이미 그릇이라기보다 한 천지요 우주다." "고전이라거나, 전통이라는 것이 오직 보관되는 것만으로 그친다면 그것은 '주검'이요 '무덤'일 것이다."라고 말할 정도였지요.

정성 들여 난초를 키우고, 오래된 성벽을 바라보며 양치질을 하고, 아버지가 남겨 주신 유품과 옛 물건들의 아름다움에 마음을 빼앗긴 이태준은 소설에서도 전통적인 성향을 보이는 인물을 긍정적으로 묘사했습니다. 이처럼 옛것

이태준은 화려하고 귀족적인 골동품이 아니라 옛사람들이 늘 곁에 두고 사용해 정감이 깃들고 생활의 때가 낀 소박한 물건들을 사랑했다.

을 숭상하는 태도를 '상고주의'라고 부르는데 사람들은 좋은 의미로든 나쁜 의미로든 이태준을 '상고주의자'라고 부릅니다. 어떤 평론가는 이 태준의 상고주의가 치열한 선비 정신과는 상관없이 그저 옛것에 대한 취미에 불과한 '딜레탕티즘'이라고 비판했지만 이태준에겐 "옛것을 통하여 현재의 의미를 해석하고 올바른 방향으로 나아가려는 진취적 현실 인식의 방법"이었습니다.

옷깃 여미고 만나는, 난초와 우리 옛것

이태준은 고완품 말고도 책 읽기에 지치거나 글 쓰기가 막힐 때 난초 잎을 닦는 것이 제일이라고 말할 정도로 난초를 사랑했습니다. 하루 저녁의 부주의로 난초들을 얼려 잃은 뒤 상실감이 얼마나 컸던지 마치 식구가 집 나가 돌아오지 않은 듯 허전해 견딜 수가 없었다는 수필을 남기기도 했지요.

어느 날 스승 이병기가 이태준과 정지용에게 난초를 보러 오라고 합니다. 정지용과 이태준은 휘문고보 선후배고 이병기는 휘문고보 교사였으니 세 사람의 인연은 보통이 아니지요. 「난초」라는 수필에 그날의 이야기가 있습니다.

우리는 옷깃을 여미고 가까이 나아가 잎의 푸름을 보고 뒤로 물러나 횡일폭의 묵화와 같이 백천 획으로 벽에 엉크러진 그림자를 바라보았다. 그리고 가람께 양란법을 들으며 이 방에서 눌러 일탁의 성찬을 받으니 술이면 난주요 고기면 난육인 듯 입마다 향기로웠다.

평범한 사람의 눈에는 난초를 대하는 세 사람의 태도가 무슨 종교 의식을 치르는 것처럼 보일 정도입니다. 예로부터 난초는 고고한 자태로 청빈한 이들의 마음을 어루만져 주었습니다.

본디 그 마음은 깨끗함을 즐겨하여
정(淨)한 모래 틈에 뿌리를 서려 두고
미진도 가까이 않고 우로(雨露) 받아 사느니라
-이병기 「난초」 중에서

가람 이병기의 시조가 자연스럽게 떠오르지 않나요? 그런데 이 세 사람은 일제 말의 대표적인 잡지였던 〈문장〉을 만들기도 했답니다.

이태준, 정지용, 이병기가 주축이 되어 펴낸 잡지 〈문장〉 제2호.

잡지 〈문장〉은 박두진, 박목월, 조지훈이라는 청록파의 세 시인을 비롯해 많은 문인을 배출하고 시조, 가사, 고소설 등 고전문학작품이나 조선시대의 산수화, 인물화 등 고전 예술을 적극적으로 소개해 일제 말의 고전 부흥 운동을 주도하기도 했습니다. 이때의 많은 지식인들은 고전과 전통, 동양적인 것에 뜨거운 관심을 가졌던 것이지요. 이들은 난초나 고전 등 우리의 옛 전통에서 일제나 서구가 추구한 근대화의 폐해를 극복할 가능성을 발견하고자 했습니다. 골동품이라고 밀쳐 낸 것들의 가치를 새롭게 발견하는 과정을 통해서 일제의 근대화가 무조건 옳은 것이 아니라는 것, 물질 중심주의에 문제가 많다는 것을 주장했던 것이지요.

골동품이 내게로 와 명품이 되었다

이태준은 옛것이라고 무작정 좋다는 것이 아니라 거기에 생활의 때가 끼어야 한다고 말했습니다. 정감이 깃들어야 고완품의 가치가 있다는 것이지요.

이태준은 왜 아버지가 남긴 복숭아 모양의 연적을 사랑했을까요? 이태준의 아버지는 옛 글씨를 좋아했다고 합니다. 연적은 글씨를 쓸 때 먹을 갈기 위해 물을 담아 두는 작은 그릇이지요. 이태준은 그 연적에서 어린 시절 돌아가신 탓에 아무 기억도 없는 아버지의 향기를 느꼈을 거예요. 여러분도 혹시 부모님이 쓰시던 물건이나 어릴 적 갖고 놀던 오래된 장난감이 보물로 거듭나는 경험을 해 본 적은 없나요?

이태준은 아버지가 유품으로 남긴 복숭아 모양 연적 앞에서 옷깃을 여미고 아버지의 기품과 교훈, 그리고 참먹 향기를 떠올렸다고 한다.

여러분도 집 안 어느 구석에서 먼지를 뒤집어쓰고 있는 오래된 물건을 찾아 거기에 스며들어 있는 부모님의 온기와 어린 시절의 추억을 끄집어내 보세요. 낯선 마을이나 먼 나라를 여행하게 된다면 그 마을과 그 나라의 옛 물건들에 눈길을 돌려 보세요.

이야기가 담긴 모든 물건은 세월과 함께 우리 곁에 남아 향기 짙은 골동품이 된다.

모든 물건은 추억과 손때가 스며 시간이 지날수록 빛을 발합니다. 역사와 전통이란 사실 어렵고 무거운 것이 절대 아닙니다. 오래된 물건의 향기가 모여 문화가 되고, 사람 사는 이야기가 모여 역사가 되는 거니까요. 주변의 낡고 오래된 물건에서 아름다움을 느낄 수만 있다면 여러분도 이태준처럼 얼마든지 멋진 고완품 애호가가 될 수 있을 것입니다. ◉

3

달밤은
그에게도
유감한 듯하였다

{ 유머와 페이소스로 녹여 낸 주변인의 삶 }

쥐구멍에도 별 들 날이 있다

인생에는 오르막이 있고 내리막이 있다고 하지요. 유년 시절부터 청년기까지만 보면 이태준의 삶이 가난과 고독의 연속처럼 보이지만, 1930년대로 접어들면서 드디어 그에게도 안정이 찾아옵니다. 이 시기는 아마 이태준의 생애에서 가장 행복한 시기였을 거예요. 1930년대 초·중반 이태준은 문학계와 언론계에서 어느 정도 자리를 잡아 가고 또 결혼으로 가정을 꾸려 심리적인 안정도 누리게 됩니다. 1929년 개벽사에 입사한 뒤 계속해서 잡지사, 신문사 기자로 일했기 때문에 예전처럼 가난에 시달리지 않게 되었죠. 가난과 고독이 가득했던 이태준의 삶에 최고의 전성기가 찾아온 셈이에요.

이태준은 이 시기에 대학에서 학생들을 가르치기도 했습니다. 이화여자전문학교, 경성보육학교 등에서 작문 과목을 맡았었대요. 하지만 이태준의 주된 직장은 줄곧 신문사였어요. 1933년에는 〈조선중앙일보〉 학예부장으로 승진을 합니다. 몇 년 전만 해도 취직을 알아보러 기웃거리던 신문사의 부장이 되었으니, 감회가 새롭지 않았을까요? 어쨌든 이태준은 창작에 전념하기 위해 〈조선중앙일보〉를 그만두기 전인 1935년까지 신문사에서 일해요. 1930년대 이태준에게 일어난 또 다른 중요한 변화는 결혼해서 가정을 이루었다는 것입니다. 그는 1930년 지금의 이화여대인 이화여전 음악과를 졸업한 이순옥과 결혼해요. 2남 3녀의 자녀도 두게 되고요. 조실부모하여 외로움을 많이 탔던 그가 가정을 이루고 여러 명의 자녀들도 두면서 심리적 안정을 얻었을 거라고 추측할 수 있겠지요?

경제적, 심리적 안정을 이루었을 뿐만 아니라, 이태준은 이즈음에 소설가로서 명성도 얻기 시작합니다. 유학 중이던 1925년 등단했지만 그가 본격적인 창작 활동을 하게 된 것은 이 무렵이거든요. 1931년경부터 이태준은 「고향」(1931), 「봄」(1932), 「불우 선생」(1932), 「꽃나무는 심어 놓고」(1933), 「달밤」(1933), 「색시」(1935), 「손거부」(1935), 「까마귀」(1936) 등 수작(秀作), 즉 좋은 작품을 꾸준히 발표해요. 완성도 높은 소설을 써서 소설가로서의 입지를 굳혔을 뿐만 아니라, 대중소설 작가로서도 성공을 이루게 됩니다. 그가 신문에 연재한 장편소설은 『무정』의 작가 이광수의 소설만큼이나 인기가 있었다고 해요. 단편소설 원고료에 비해서 신문 연재소설의 원고료는 상대적으로 비쌌다고 하는데, 이 원고료가 생활에 큰 보탬이 된 것은 물론이고요.

이태준이 첫 번째 문학적 결실인 창작집 『달밤』을 출간한 게 1934년입니다. 이 소설집에 실린 단편소설들은 문학적 완성도를 갖추고 있어서 당시 비평가들에게 호평을 받았대요. 또 독자들에게 인기도 있어서 2,000~3,000부 정도가 팔렸다고 합니다. 그 당시 출판 사정을 고려하면 이건 굉장한 판매 부수였어요. 첫 소설집 『달밤』의 서문을 써 준 사람이 시조 작가로 유명한 이은상이었지요. 일본 유학 시절부터 친구로 지냈던 이은상은 이태준과 이태준 소설에 대해 다음과 같이 소개하고 있습니다.

> 저자는 그동안 지어 모았던 단편 중에서 스무 편을 골라 이 한 권 책을 만들고, 그중 한 편의 제목인 「달밤」을 떼어 또 이 책의 제호를 삼았다 한다.
> 이 군은 과연 달밤 같은 사람이다. 달밤같이 맑다. 고요하다. 그의 높은 생각은 접하는 모든 사람의 마음을 순화하는 힘을 가졌다.
> 또한 이 군의 글은 진실로 달밤 같은 글이다. 달밤같이 향기롭다. 깨끗하다. 그의 명랑한 글은 읽는 모든 사람의 마음을 정화하는 힘을 가졌다.
>
> – 소설집 『달밤』의 서문 중에서

백수 청년에서 문학계의 기대를 한 몸에 받는 작가로 떠오르게 된 이태준을 보면, '인생지사 새옹지마'라는 말이 저절로 생각나요. 그리고 사람에게는 언젠가 기회가 온다는 옛말이 맞구나 싶기도 하고요. 이태준이 당시 문학 판의 실세로 등극한 것은 시대의 흐름 덕분이기도 했거든요. 그가 본격적으로 활동하게 된 1930년대와 1930년대의 문학적 경향이 이태준에게 딱 들어맞았던 거지요.

이태준이 막 등단했던 1920년대 조선에서는 문학이 사회를 변화시키는 역할을 할 것을 주장했던 카프(KAPF), 즉 '조선프롤레타리아 예술가동맹'이 문학계의 흐름을 주도하고 있었습니다. 문학은 가난한 하층민들이 착취당하지 않는 세상을 만들기 위해 쓰여야 하고, 그 목적을 위해서는 예술성이 훼손되어도 좋다고 볼 만큼 문학의 사회성을 중요하게 생각하는 작가들이 모인 단체였지요. 이런 카프 문학의 입장에서 보면 이태준의 소설에는 결함이 많았어요. 앞에서 말한 것처럼,「고향」 같은 소설이 미흡해 보이는 거예요. 주인공이 술 먹고 난동 피우는 걸로 소설을 마무리해서는 안 된다, 유학까지 다녀온 지식인 청년이 일자리를 구하지 못하는 사회적 모순을 더 중점적으로 다루어야 한다고 지적하는 거죠.

그러니까 문학성보다는 사회성을 더 중요시하는 카프가 대세일 때, 이태준과 같은 경향을 보이는 작가가 인정받기란 쉽지 않았던 것입니다. 그런데 1930년대 초반이 되면서 문단에 커다란 변화가 일어납니다. 이 변화의 와중에 이태준과 같은 작가들이 마음 놓고 활약할 만한 풍토가 만들어졌던 거지요. 즉 일본이 사회주의 운동에 대한 대거 탄압을 시작하고, 카프에 소속된 문인들을 체포하기 시작한 거예요. 일제는 카프 문인들에게 지금까지 주장해 왔던 자신의 사상을 버린다는 내용을 글로 밝히는 전향서를 쓰고 카프를 탈퇴하도록 강요합니다. 모진 탄압을 견디다 못해 탈퇴하는 문인들이 늘어나고, 결국 카프는 해산됩니다. 우리 문학의 역사를 이야기할 때 "얻은 것은 이데올로기요 잃은 것은 예술"이라는 말이 유명한데, 바로 카프의 열혈 회원이던 박영희가 쓴 전향서에서 나온 것입니다.

문단의 주도권을 잡고 있던 카프가 해체된 1930년대 조선에서는 순수문학*이 꽃을 피우게 됩니다. 시에서는 정지용을 필두로 한 '시문학파', 서정주, 유치환의 '생명파', 이상 등의 '삼사문학파'의 활동이 활발해지지요. 이들은 문학적 특징에서 각기 차이를 보이지만 순수문학을 지향한다는 공통점을 갖습니다.

소설의 경우는 1930년대를 주도하는 흐름은 없었어요. 친목 모임이긴 하지만 1933년 조직된 구인회(九人會)가 소설가들이 모인 거의 유일한 조직이었습니다. 구인회와 같은 모임을 처음 생각해 낸 것은 소설가 이종명, 영화감독 김유영, 매일신보 기자였던 조용만이었다고 합니다. 이효석, 이무영, 유치진, 이태준, 김기림, 정지용을 영입해서 구인회는 출발하게 됩니다. 나중에는 박태원, 이상, 김유정, 김환태 등으로 멤버가 교체되기도 했고요.

구인회가 문인의 친목을 위해 만들어졌다고는 하지만, 그들이 단순한 사교를 목적으로 모인 것은 아니었습니다. 구인회의 회원들 대부분은 신문사나 잡지사의 학예부 관계자나 기자들이었어요. 그래서 자연스럽게 문단의 분위기와 스타일을 선전하고 이끄는 역할을 할 수 있었던 것입니다. 구인회는 이상이나 박태원과 같은 모더니즘* 작가를 발굴하고, 그들의 작품이 발표될 수 있도록 주선하는

순수문학 이념적, 정치적인 색깔 없이 작품의 예술적 가치를 추구하는 문학. 사회 문제를 적극적으로 다루는 참여 문학이나, 상업적이고 흥미 위주인 통속 문학·대중 문학과 대립한다.
모더니즘 도시적인 소재를 근대적인 감성으로 다루는 예술 사조. 모더니즘 문학은 현대 도시 문명의 세태와 병적인 징후를 작가의 지성을 중심으로 관찰하며 비판한다.

역할도 했어요. 가령, 구인회 일원인 정지용이 이상의 재능을 알아보고 자신이 일하던 〈가톨릭청년〉에 이상의 작품을 실어 준 것을 예로 들 수 있지요.

〈조선중앙일보〉의 학예부장으로 있던 이태준도 신인 작가인 이상과 박태원이 작품을 발표하도록 적극적인 후원을 해 줍니다. 이상의 「오감도」와 박태원의 「소설가 구보씨의 일일」이 신문에 연재될 수 있도록 기획을 해 준 거죠. 이상의 「오감도」는 30회 연재를 예정으로 연재가 시작되었어요. 하지만 15회 만에 중단되고 말지요. 독자들의 항의가 너무나 거세었기 때문입니다. 독자들이 "미친놈의 잠꼬대가 아니냐.", "무슨 개수작이냐.", "당장 집어치워라."라며 신문사로 욕설과 항의를 보냈던 거죠.

지금 봐도 「오감도」는 매우 난해한 작품인데 당시 조선의 독자들이 그런 반응을 한 것도 무리가 아닌 듯합니다. 독자들의 원성으로 연재를 중단하게 되자 괴짜인 이상은 이렇게 말했다고 해요. "왜 미쳤다고들 그러는지, 우리는 남보다 수십 년씩 떨어져도 마음 놓고 지낼 작정이냐."라고 말이죠. 독자들은 이상의 시를 도통 이해할 수 없었지만 그래도 이태준은 이상의 재능을 알아보고 연재를 계속하려고 애썼다고 합니다. 이상의 시가 연재되는 동안 이태준이 양복 안주머니에 사표를 넣은 채 다녔다는 일화가 유명하지요.

당시 유행이던 '갓빠머리' 헤어스타일에 짧은 지팡이인 '단장'을 짚고 다니던 모던 보이 박태원도 이태준의 인정에서 위로를 얻었다고 해요. "무지한 독자는 몰라줘도 이태준만은 나를 알아주니 괜찮

다."라고 이야기했다는 거죠. 구인회 회원 중에서도 이태준, 박태원, 이상, 김기림 등의 사이는 매우 각별했다고 합니다. 김기림은 어떤 글에서 이들의 우의를 다음과 같이 표현하고 있어요.

> 구인회는 꽤 재미있는 모임이었다. 한동안 물러간 사람도 있고 새로 들어온 사람도 있었지만, 가령 상허라든가, 구보라든가, 상이라든지 꽤 서로 신의*를 지켜 갈 수 있는 우의*가 그 속에서 자라 가고 있었다는 것은 지금 생각해도 유쾌한 일이다. 우리는 때로는 비록 문학은 잃어버려도 우의만은 잊지 않았으면 하고 생각할 때가 있었다. 이렇게 말하면 문학보다 더 중한 것은 인간인 까닭이다.

'상허'는 이태준, '구보'는 박태원, '상'은 이상을 말해요. "문학은 잃어버려도 우의만은 잊지 않았으면" 하고 바랐다는 걸 보면 이 남자들의 우정이 꽤 끈끈했다고 생각할 수 있겠죠?

그런가 하면 이태준이 구인회 회원들에게만 신임을 얻었던 것은 아닙니다. 1930년대에 등단해 맹활약을 벌인 김동리 같은 신인 작가한테도 영향을 끼쳤다고 해요. 김동리는 〈조선중앙일보〉를 통해 등단을 하는데, 거기에 이태준과 관련한 사연이 있는 거죠. 학력이

신의 믿음과 의리
우의 친구 간의 정

변변치 않았던 김동리는 문필가가 되어서 이름을 떨치겠다는 각오로 여러 신문사에 원고를 보냈대요. 결과는 참담했는데, 〈조선일보〉에 보낸 것 하나만이 겨우 입선을 한 거예요. 그때 형 김범보가 동생 동리에게 〈조선중앙일보〉를 찾아가라는 충고를 해 줍니다. 이태준이 〈조선중앙일보〉 학예부장으로 있었거든요.

김동리의 고백에 의하면, 이태준과의 몇 번의 만남을 통해 그는 소설이 무엇인지를 깨닫게 되었다고 합니다. 그리고 김동리는 〈조선중앙일보〉 신춘문예에 도전하게 되죠. 당대 최고의 작가였던 이태준에게 인정받고 싶었던 것이고, 김동리는 1935년 〈조선중앙일보〉를 통해 등단의 꿈을 이룹니다. 하지만 김동리의 응모작인 「화랑의 후예」를 뽑아 준 사람은 이태준이 아니라 「감자」의 작가 김동인이었다고 해요.

더 아이러니한 것은 이태준 때문에 김동리가 재등단을 결심하게 되었다는 사실입니다. 「화랑의 후예」가 당선된 후 김동리는 고향 경주에서 목이 빠져라 청탁을 기다렸대요. 그런데 아무 데에서도 청탁이 오지 않았다는군요. 기다리던 청탁은 오지 않고 대신 〈조선중앙일보〉에 자신의 등단작에 대한 평가가 실린 것을 보게 됩니다. 박태원이 그해 신춘문예 당선작들을 평가한 것인데, 거기서 김동리의 「화랑의 후예」가 이태준의 「불우 선생」과 비슷하다는 평을 한 거죠.

최고의 작가인 이태준의 소설과 비슷하다고 하면 칭찬으로 들을 수도 있잖아요? 그런데 문학청년 김동리 역시 이태준만큼이나 자존심이 강했던 사람이었어요. 자기 소설이 남의 것을 모방한 아류(亞流)라는 평가에 자존심이 몹시 상해 버린 것입니다. 그래서 이제까지 그 누구도 손대 보지 못한 '전인미답의 경지'를 개척하겠노라는 결심으로 다시 창작열을 불태우죠. 이리하여 세상에 나온 것이 「산화」라는 소설이었고, 김동리는 이 소설로 다음 해 〈동아일보〉 신춘문예의 영광을 거머쥐게 되지요. 그리고 「무녀도」 등을 발표하며 소원대로 무서운 신인으로 등극하게 됩니다.

못난이 삼부작이 태어난 성북동 한옥집

이태준이 자기 인생의 황금기를 보낸 시절은 그가 서울 성북동에서 살았던 시절과 거의 일치합니다. 〈조선중앙일보〉 학예부장으로 승진을 하던 1933년, 그는 성북동에 집을 짓고 이사를 해요. 지금 성북동은 강남 못지않은 부자 동네로 알려져 있지만, 1930년대의 성북동은 시골이나 다름없었다고 합니다. 주위가 전부 논밭이었고 시냇물 흐르는 소리가 들릴 정도였다니까요.

이태준이 살았던 집은 지금도 그대로 있어요. 서울 지하철 4호선 한성대입구역에서 내려 간송미술관 쪽으로 걸어가다 보면 '수연산방'이란 전통찻집이 있는데, 그곳이 바로 이태준 고택이랍니다. 여러분이 이태준 고택을 방문하게 되면 그 주위를 한번 둘러보는 것도 좋아요. 간송미술관, 만해 한용운이 살았던 심우장이 바로 가까이에 있거든요. 실제로 가 보면 이태준이 지은 한옥이 생각보다 아담하고 소박한 집이라는 걸 확인할 수 있어요. 넓은 평수의 아파트와 비교하면 방도 마루도 작은 편인데 들어서면 아주 아늑한 느낌을 받게 되지요. 비평가 이남호는 소박하고 아름다운 이 한옥과 이태준의 문장이 무관하지 않다고 말합니다.

　　1933년 그의 나이 서른에 상허는 이 집을 지었다. 상허의 기구하고 파란 많은 생애에 있어, 결혼해서 이 집에 가족들과 함께 살던 약 10년간이 예외적으로 안정되었던 시기이다. 상허의 대표작들은 대개 이 집에서 씌어진 것이다. 어릴 때부터 떠돌이 생활을 했던 상허로서는 이 시기의 안정된 삶이 각별한 의미를 지녔을 것이다. 그는 한편으로 '구인회'를 이끌고 또 〈문장〉을 주도하는 등 30년대 문단의 중심으로 활약하고, 다른 한편으로는 성북동을 산보하고 화초를 기르고 옛 그림과 글씨 등의 고완품을 어루만지며 사색과 언어 조탁*에 매진하였다. 이때가 가장 행복하였고 또 작품도 많이 쓴 시기였을 것이다. (…중략…)

　　상허의 집은 60년 전에 지은 것인데도 아직 변함없이 남아 있음에 대해서 우리는 대견스럽게 생각한다. 우리에게 과거는 그렇게 아득하게 멀어져 버렸고 또 우리는 우리의 과거를 그렇게 유기해 버렸다. 60년 전이 아니라 6년 전의 모습이나 정서나 분위기가 그리움의 대상이 될 정도로 우리의 삶은 정신없이 변한다. 정

조탁 문장이나 글을 매끄럽게 다듬는 것

신없이 빨리 변한다는 것은 곧 혼란스럽고 소란스럽다는 것을 뜻한다. 혼란스럽고 소란한 삶 속에서 우리는 오래된 것들의 가치를 지닐 수가 없을 것이고 또 고요함에서 비롯되는 내면의 깊이를 유지할 수가 없을 것이다.

-이남호, 「오래된 것들의 아름다움」 중에서

요즘 아파트는 지은 지 10~20년만 되어도 벽이 갈라지고 물이 새고 그러는데, 옛날 목수가 지은 이태준 고택은 세월의 풍파에도 끄떡없다는 게 놀랍습니다. 위의 글쓴이는 마치 구식 목수가 지은 한옥처럼, 이태준의 글과 문장도 날림기가 없어서 시대를 초월해 독자에게 사랑을 받는 거라고 말합니다. '이 집에서 이태준의 대표작들이 탄생했구나.' 하고 생각해 보면 감동이 더 새로워진답니다. 가령, 「달밤」, 「손거부」, 「색시」에는 공통적으로 성북동 집이 배경으로 등장하는데 그곳이 바로 이 집입니다. 세 편의 소설에는 배경 외에도 조금 모자란 인물들이 주요한 인물로 등장한다는 공통점도 있지요. '못난이 삼부작'이라고 할까요?

그런데 이 모자란 인물들의 이야기를 읽으며 웃던 독자는 자신도 모르게 눈물을 찔끔 흘리게 됩니다. 웃음과 눈물이 공존한다는 게 묘하지만, 이태준의 못난이 소설들은 그런 이중적인 감정을 느끼게 해 주거든요. 모자란 인물들의 어처구니없는 행동에 웃다가도 안됐다는 생각에 콧등이 찡해지는…….

그래서 당시 비평가들은 이태준의 소설에 '페이소스'가 있다고 평했었어요. 페이소스(pathos)는 동정과 연민의 감정을 말합니다. 비평가 김환태는 이태준 소설이 '눈물'과 '기쁨' 혹은 '페이소스'와 '유머'를 수반한다고 평가했지요. 최재서라는 유명한 비평가도 "이태준의 단편을 한 번 읽은 사람이면 그 작품의 인물들을 잊지 못한다. 인물 자체로 보면 하잘것없는 존재들이지만 읽고 난 뒤에 언제까지나 인상에서 사라지지 않는 야릇한 매력을 가졌다."라고 칭찬을 아끼지 않았고요.

특히, 1933년에 발표된 「달밤」은 비평가와 독자 모두에게 사랑받았던 수작이랍니다. 앞서 말했듯 이태준은 서른 살인 1933년 성북동으로 이사를 했고 그 무렵이 바로 소설의 배경이 됩니다. 이 소설에는 성북동으로 이사를 온 이 선생이라는 인물이 등장하는데, 그가 왠지 이태준을 떠올리게 하지요. 「달밤」은 이태준의 소설 가운데서 가장 서정적이면서, 가장 완성도가 높은 작품으로 꼽힙니다. 그런데 이 소설의 줄거리를 말하라면 별로 할 말이 없어요. 성북동으로 이사 온 이 선생이 신문 배달부 황수건을 알게 된 사연 정도로 싱겁게 요약되거든요.

그래도 줄거리를 간단히 이야기해 볼까요? 소설에서 이 선생이라고 불리는 인물은 얼마 전 성북동으로 이사를 왔어요. 원래는 서대문 쪽에 살다가 이사를 온 것인데, 그는 성북동이 시골 같다고 생각해요. 시냇물 소리와 솔바람 소리가 들려서만이 아니에요. 신문 배달부 황수건 때문이죠. 이사를 온 지 며칠이 지나서야 떠들썩하게 신문을 배달하러 온 황수건을 보고 이 선생은 그가 약간 모자란

유머와 페이소스로 녹여 낸 주변인의 삶

사람이란 걸 알아챕니다. 황수건의 외모나 성격에 대한 묘사를 보면 그가 지적장애를 가진 사람이란 걸 알 수 있어요.

신문을 배달하러 온 황수건은 인사랍시고 "동네에 큰 기와집도 많은데 하필 이렇게 작은 집을 샀느냐."라며 황당한 질문을 합니다. 그리고 신문을 보는 집에서는 개를 기르지 말아야 한다고 말하죠. 왜냐고 물으니까 개가 신문 배달부인 자기를 깨물려 하기 때문에 기르지 말아야 한다는 거예요. 이쯤 되면 왜 동네 사람들이 황수건을 '반편이', '못난이'라고 부르는지 알겠지요? 그런데도 이 선생은 황수건과 이야기를 나누는 게 좋다는 거예요. 그와의 대화가 지적인 만족을 주어서 그런 건 당연히 아닐 거예요. 오히려 "꿩고기를 잘 먹느냐?", "양복은 저고리를 먼저 입느냐 바지를 먼저 입느냐?", "소와 말을 싸움 붙이면 어느 것이 이기겠느냐?" 등의 질문이 황당하긴 하지만 즐겁다고 이 선생은 말합니다.

이 선생은 황수건과는 아무리 지껄여도 힘이 들지 않고, 또 아무리 오래 지껄여도 웃음밖에 남는 것이 없어서 기분이 거뜬하다고 하지요. 그래서 이 선생은 황수건과 이 이야기, 저 이야기를 하며 서로를 알아 가고, 또 동네 사람들이 주는 정보를 통해 직장을 잃고 신문 배달을 하며 지내는 황수건의 딱한 처지도 알게 됩니다. 이 선생은 황수건의 이야기를 잘 들어 줄 뿐만 아니라 그에게 실질적인 도움을 주기도 해요. 황수건이 참외 장사를 하고 싶다는 말에 선뜻 장사 밑천 삼 원을 내준 거죠. 삼 원이 요즘 돈으로 얼마인지는 몰라도 그 돈이 황수건의 한 달 치 수입과 같다는 걸 떠올리면 적은 액

수는 아니에요. 하지만 황수건의 참외 장사는 망하고 맙니다. 설상가상으로 황수건의 아내가 도망갔다는 소문도 들리지요. 그런 소문이 돌고 얼마 지나지 않아, 황수건은 선물이랍시고 포도를 가져옵니다. 하지만 훔쳐 온 것이라는 사실이 들통 나 망신만 당해요. 그리고 얼마 후 포도원 근처에서 이 선생이 담배 피우는 황수건을 몰래 훔쳐보는 것으로 소설은 끝이 납니다.

참 싱거운 이야기라고요? 네, 맞아요. 스토리를 보면 별게 없는 소설입니다. 하지만 이태준 소설의 묘미는 줄거리가 아닌 인물에 있다는 걸 알아 둘 필요가 있어요. 「달밤」을 읽고 나면 소설의 줄거리나 사건은 별로 기억에 남지 않아요. 하지만 주인공 황수건의 인상은 워낙 강렬해서 잘 잊히지 않습니다. 독특한 외모부터가 뇌리에 깊이 각인되기 때문이죠. 황수건의 외모 묘사를 좀 볼까요? 빡빡머리가 엄청 큰 데다가 짱구예요. 큰 머리에 비해서 손과 팔목은 작고 가느다랗고요. 무슨 좋은 일이 있는지 늘 눈과 입은 희죽희죽 웃음을 흘리고 있고, 게다가 참견하기를 좋아해서 입은 쉴 틈이 없어요.

자, 황수건의 캐릭터가 확 떠오르지 않나요? 그림에 소질이 있는 친구라면 황수건의 캐리커처를 어렵지 않게 그려 낼 수 있을 거예요. 맞아요, 캐리커처! 캐리커처(caricature)는 '어떤 사람의 특징을 잡아서 과장되고 우스꽝스럽게 묘사한 글이나 그림'을 말해요. 증명사진이나 초상화는 그 사람과 똑같아야 하지만 캐리커처는 그럴 필요가 없어요. 캐리커처의 생명은 사실성에 있는 게 아니니까요.

유머와 페이소스로 녹여 낸 주변인의 삶

후배 작가들은 유명 작가인 이태준에게 소설을 어떻게 써야 하느냐고 자주 물었다고 합니다. 그때마다 이태준이 빠지지 않고 강조한 게 바로 '인물'이에요. 인물을 잘 그려 내기만 하면 나머지는 저절로 굴러간다고 말해 주곤 했지요. 이태준 소설에 흥미롭고 재미있는 등장인물이 많이 나오는 까닭이 여기에 있어요. 그래서 어떤 사람은 이태준 소설을 읽는 재미를 '인물 사전'을 보는 재미라고 말하기도 했습니다. 「달밤」의 황수건은 이태준이 만든 인물 가운데서도 단연 돋보이는 캐릭터이지요.

앞에서 설명한 것처럼, 이태준의 묘사를 읽으며 우리는 황수건의 모습을 하나의 캐리커처로 떠올리게 됩니다. 키가 몇 센티미터이고 몸무게가 얼마이고, 얼굴 색깔이 어떻고를 설명해서 그런 게 아니죠. 서술자가 제시한 외모상의 몇 가지 특색을 읽고 독자들이 바보 황수건의 외모와 성격을 순식간에 알아채게 되는 것입니다. 이 소설은 또한 이태준이 어떤 방식으로 이야기를 만드는지를 잘 보여주는 작품이기도 합니다. 이태준은 사건보다는 인물을 강조했기 때문에, 상대적으로 플롯이 약하다는 평가를 듣게 돼요. 쉽게 말해, 이런 일이 원인이 돼서 저런 일이 생기고 그걸 이유로 요런 결과가 생겼다는 식의 이야기가 아니라는 거예요.

「달밤」을 보아도 서사의 인과, 즉 이야기 속 원인과 결과가 무척 느슨하다는 걸 알 수 있습니다. 그런데도 그럴듯한 소설이 만들어지는 걸 보면 이태준의 소설 쓰기 능력이 뛰어나다는 걸 알겠죠? 이태준은 여러 가지 일화를 나열하는 방식으로 인물의 성격이 파악되도록 하는 재주가 있었어요. 가령, 「달밤」을 읽는 독자는 몇 개의 에피소드를 읽으며 황수건이 모자란 사람이라는 걸 눈치채게 되지요. 예를 들어 볼까요?

우선 황수건이 학교 급사로 있던 시절의 에피소드를 봅시다. 예전에는 학교에서 수업 종도 치고 일도 도와주는 사람이 있었습니다. 황수건이 바로 이런 급사였지요. 황수건은 말하기를 무척 즐겼던 터라, 급사로 있을 때에도 학교 선생들이나 손님을 상대로 엉뚱한 이야기를 늘어놓곤 했대요. 그런데 어느 날 시학관, 요즘으로 치면 장학사님이 학교 방문을 한 거예요. 수업 중이라 선생님들은 없으니 황수건이 시학관을 앉혀 놓고 떠들기 시작한 거죠. 일제시대였으니 시학관이 일본인이었나 봐요. 일본어를 많이 알지 못하는 황수건이니까 무슨 얘기를 했을지 상상이 되죠? 간단한 일본어 회화, 그러니까 '선생님, 안녕하세요?' '비가 옵니다.' 같은 문장만 무한 반복한 거죠. 영어를 유창하게 하지 못하는 사람이 쓸 줄 아는 문장이 몇 개 안 되는 것과 마찬가지로요. 영어로 말한다면, 황수건은 시학관에게 계속 '하우 아 유? 화인 땡큐. 아임 어 보이.' 같은 문장만 계속 이야기한 거예요. 수업 종이 안 울리는 걸 이상하게 생각한 어느 선생님이 나와 보고서야 사태가 수습됐답니다. 시학관 양반을 그 따위로 대우한 황수건이 어떤 곤욕을 치렀을지는 안 봐도 뻔하죠?

학교와 관련한 또 다른 에피소드도 웃기답니다. 모자란 황수건에게 젊고 예쁜 아내는 큰 자랑거리였대요. 그런데 학교 선생님들이 출근한 황수건에게 못된 장난을 친 거예요. 이렇게 따뜻한 봄날에는 색시들이 달아나기 일쑤라고요. 황수건이 어떻게 했을까요? 조바심이 난 황수건은 50분마다 쳐야 하는 종을 30분, 20분 간격으로 함부로 쳐 댔대요. 수업이 빨리 끝나야 집에 가서 아내를 지킬 수 있으니까요. 이런 급사가 여러분 학교에도 있다면 정말 좋겠죠? 하지만 여러분 생각에도 황수건이 칭찬받을 만한 급사는 아닐 거예요. 결국 이렇게 배꼽 빠질 몇몇 일화를 남기고 황수건은 학교에서 쫓겨나게 됩니다.

그런데 왜 이 선생은 동네 사람들한테 무시당하는 황수건에게 관심을 가지고 있는 걸까요? 짐작하건대 이 선생이 인격적으로 성숙하기 때문이겠죠. 동네 사람들, 어린아이들까지도 '노랑 수건'이라고 놀리는 황수건과 말벗도 해 주고 장사 밑천도 내주는 걸 보면요. 소설에서 이 선생은 황수건을 친구라고 칭하는데, 그걸 보면 이 선생이 꽤 속 깊은 사람이구나 싶습니다. 성북동을 배경으로 한 다른 소설 「색시」나 「손거부」에서도 이런 마음씨 따뜻한 아저씨들이 등장합니다. 이들도 성북동 주민이고 그래서 '작가 이태준과 동일한 인물이겠구나.' 하는 생각을 불러일으키지요. 게다가 소설에 '나'로 되어 있으니까 독자들은 성격 좋은 아저씨를 작가 이태준과 자꾸 동일시하게 되는 거예요.

아마 실제 이태준도 못난이라고 불리는 가난하고 소외된 사람들에게 호의를 가졌을 것입니다. 아는 만큼 보인다는 말이 있잖아요. 이태준이 어려서부터 가난과 고독을 겪으며 살았으니, 우리는 그가 누구보다 가난하고 외로운 사람들의 삶을 이해하고 그들에 대해 연민과 애정을 가졌을 거라고 추측할 수 있는 거죠. 특히, 이 선생의 따뜻하고 속 깊은 배려심이 드러나는 「달밤」의 마지막 장면은 긴 여운을 남기는 대목으로 유명하답니다. 시대를 초월해 수많은 독자들의 심금을 울렸던 마지막 장면을 한번 음미해 볼까요?

어제다. 문안에 들어갔다 늦어서 나오는데 불빛 없는 성북동 길 위에는 밝은 달빛이 깁[*]을 깐 듯하였다.

그런데 포도원께를 올라오노라니까 누가 맑지도 못한 목청으로,

"사…게…와 나…미다까 다메이…끼…까…[*]"

를 부르며 큰길이 좁다는 듯이 휘적거리며 내려왔다. 보니까 수건이 같았다. 나는,

"수건인가?"

하고 아는 체하려다 그가 나를 보면 무안해할 일이 있는 것을 생각하고, 휙 길 아래로 내려서 나무 그늘에 몸을 감추었다.

그는 길은 보지도 않고 달만 쳐다보며, 노래는 이 이상은 외우지도 못하는 듯 첫 줄 한 줄만 되풀이하면서 전에는 본 적이 없었는데 담배를 다 퍽퍽 빨면서 지나갔다.

달밤은 그에게도 유감한 듯하였다.

– 소설 「달밤」 중에서

깁 비단
사게와 나미다까 다메이끼까 '술은 눈물이냐 한숨이냐'라는 일본어

유머와 페이소스로 녹여 낸 주변인의 삶

자기가 좋아하던 황수건을 우연히 만났는데 이 선생은 아는 체를 하지 않고 나무 그늘로 슬그머니 피해 버려요. 왜 그랬을까요? 이 장면을 이해하려면 앞뒤 정황을 좀 떠올릴 필요가 있어요. 앞서 말했듯 황수건은 직장을 잃고 이를 안쓰럽게 여긴 이 선생이 참외 장사를 하라고 돈 삼 원을 주지요. 하지만 때마침 장마가 들어 참외 장사도 망하고 아내도 달아나 버립니다. 한참 찾아오지 않던 황수건은 어느 날 좋은 포도를 몇 송이 선물이라고 들고 찾아와요. 하지만 그 포도는 포도원에서 훔쳐 온 포도여서 황수건은 망신만 당하게 되지요. 이 선생은 포도원 주인에게 군말 없이 돈을 물어 주었고요.

이 포도 사건이 있은 지 얼마 후, 그것도 포도원 근처에서 황수건을 발견한 터라 이 선생은 선뜻 나서지를 못하는 거예요. 게다가 나무 그늘에서 훔쳐본 황수건의 모습이 심상치 않아요. 우습고 황당한 이야기만 지껄이는 줄 알았는데, 오늘의 황수건은 달라 보이죠. "술은 눈물이냐 한숨이냐."라는 일본 유행가의 가사도 울적할 뿐더러, 평소에는 본 적이 없는데 오늘은 담배를 퍽퍽 빨면서 지나가는 거예요.

알고 있던 상대가 문득 낯선 사람으로 보일 때가 있잖아요. 가령, 집에서 늘 보던 가족도 다른 장소에서 만나면 그 가족이 마치 낯선 사람처럼 느껴지기도 하죠. 솔직히 말해 이 선생은 평소에 황수건을 순진하지만 정신적인 능력이 부족한 바보, 그래서 자기가 동정하고 도와야 할 대상으로 생각했을 거예요. 그런데 이 선생은 나무 그늘에 숨어서 황수건의 다른 모습, 평소에는 발견하지 못했던 황

수건의 모습을 알게 된 것입니다. 담배까지 피우면서 유행가를 읊조리는 그 황수건은 자신보다 못난 바보가 아니라, 걱정과 근심, 염려로 얼룩져 있는 하나의 인격체라는 점에서 자신과 똑같은 인간임을 발견하게 된 거죠.

비단을 깔아 놓은 듯한 달밤을 배경으로 한 사람이 다른 사람을 몰래 훔쳐보고 있는 광경을 상상해 보세요. 한 사람은 배운 것도, 아는 것도, 가진 것도 많은 남자고, 다른 한 사람은 아무것도 가진 것 없고 놀림만 받는 반편이에요. 둘의 관계는 분명 평등하지 않지요. 한 사람은 갖출 걸 다 갖춘 사람이고, 다른 사람은 더 이상 잃을 게 없는 사람이니까요. 하지만 나무 그늘에서 한 사람이 상대방을 몰래 보는 이 순간만큼은 둘이 평등합니다. 이 선생은 황수건에게서 속없는 반편이가 아니라, 슬픔과 고독을 느낄 줄 알고 한숨 쉴 줄 아는 하나의 인격을 발견했으니까요.

그 많던 바보들은 다 어디로 갔을까

못난이 삼부작의 다른 두 편인 「손거부」와 「색시」도 비슷한 느낌의 소설입니다. 나머지 두 소설에도 못난이라고 불릴 만한 희극적인 캐릭터가 중요한 인물로 등장하고, 이 인물과 관찰자를 중심으로 이야기가 진행되지요.

소설 「손거부」에 나오는 손 서방 역시 바보형 인물에 속하는데, 그도 성북동 출신이에요. 성북동에 혼인이나 초상, 집터 닦는 데, 그것도 아니면 뉘 집 아이가 다쳐 시끄러워도 거기에는 빠지지 않고 손 서방이 있다니 그가 어떤 인물인지 짐작되지요? 말참견하기 좋아하고 허튼소리 잘하는, 그런 실없는 사람이 손 서방인 거예요. 그런 손 서방이 하루는 '나'를 찾아와 문패를 하나 써 달라는 부탁을 합니다. 그런데 아들들 이름이 참 거창해요. 손 서방의 이름은 큰 부자를 뜻하는 '손거부(孫巨富)', 아들들의 이름은 크게 성공하고 복되고 나라의 녹을 받는 벼슬아치가 된다는 '대성(大成)', '복성(福成)', '녹성(祿成)'입니다. 하지만 거창한 이름들과 정반대로 이들에게는 돈도 집도 없습니다.

게다가 아들들은 아버지를 쏙 빼닮아 아둔해서 다음 대에도 이 집안이 크게 될 가능성은 거의 없어 보여요. 이쯤 되면 거부, 대성, 복성, 녹성이라는 작명이 반어적이라는 걸 알겠지요? 마치 전영택의 「화수분」 속 인물들이 써도 써도 재물이 자꾸 생기는 보물단지라는 '화수분(貨水盆)', '거부'라는 이름과 정반대로 가난하기만 한 것과 똑같지요. 이런 걸 바로 아이러니라고 하는 거예요.

하지만 「달밤」의 황수건과 비교하면, 손거부는 꽤 똑똑한 사람입니다. 황수건이 아내가 달아나는 것을 수수방관할 수밖에 없었던 것과 달리, 손 서방은 아들을 셋씩이나 둔 것만 보아도 그래요. 교육을 시켜서 아들을 훌륭하게 만들려는 야무진 계획을 세운다는 점을 봐도 손서방이 단순한 바보가 아님을 알 수 있어요. 이런 손서방의 바람과 달리, 첫째 아들 대성이의 머리가 아주 '쇠대가리'라는 데에서 비극은 시작돼요. 학교 선생이 말귀를 못 알아듣는 대성이에게

학교에 오지 말라고 했다니, 대성이의 지능이 어느 정도인지 짐작이 가지요?

소설에서 '나'는 대성이가 머리가 나빠서 학교를 그만두었다는 사정을 다 알고 있습니다. 얼마 전 뒷산에서 손 서방이 아들을 때리는 걸 몰래 보았기 때문이죠. 알면서도 장남은 왜 학교에 안 가느냐고 물어봤더니, 손 서방이 일부러 학교에 안 보내는 거라고 거짓말을 하는 거예요. 이런 시대에 교육을 받아 봤자 회사나 상점의 심부름꾼밖에 안 되니 차라리 막노동이 낫다면서요. 대성이가 머리가 나빠 학교를 그만두었다는 것을 이미 아는 터라, '나'는 물론 독자까지도 손 서방의 거짓말에 웃음을 터뜨리게 되지요. 하지만 이 웃음은 통쾌한 웃음이 아니라 쓴웃음일 수밖에 없어요. 열심히 일해도 나아질 기미가 보이지 않는 손 서방 일가의 삶이 웃음 뒤에 짠한 슬픔을 만들기 때문입니다.

「색시」라는 소설에도 엉뚱한 말과 행동으로 독자에게 웃음을 안겨 주는 인물이 등장합니다. 색시는 '나'의 집에서 일을 해 주는 식모예요. 소설에서 색시는 목소리와 웃음소리가 클 뿐만 아니라, 여자치고 키와 허우대가 엄청나게 우람하다고 묘사되어 있어요. 또 다른 사람의 말을 잘 흉내 내서 남을 웃기는 재주를 가진 사람으로 그려져요. 하지만 잘 웃고 남을 웃기는 재주를 가진 색시는 살림에는 영 꽝이에요. 그릇도 잘 깨뜨리고 주인 말도 잘 안 듣는 사람이죠. 기름병 뚜껑을 막아 놓으라니까 답답하게 왜 막아 놓느냐고 말대답을 하니, 할 말이 없는 것입니다.

게다가 온 정신은 시집가는 일에만 팔려 있으니, 얼마나 밉상이 겠어요. 어떤 캐릭터인지 확 다가오지 않나요? 하지만 주인 내외는 색시가 시어머니의 구박을 못 견뎌 쫓겨 온 신세라는 걸 알고는 미워할 수 없게 됩니다. 그래서 색시의 신랑감을 찾아 주려고 노력도 해 보지만, 색시의 이상형이라는 걸 듣고는 기겁을 하게 되죠. 색시는 자기가 별로 원하는 게 없다면서 이렇게 말합니다. 남자가 인물 잘나고 먹을 거나 있고 성격이 시원시원하면 된다고요. 아, 하모니카를 불되 베이스를 넣어 가며 '뽕빠뽕빠' 불 수 있는 남자, 당시 유행하던 '캡(모자)'을 삐뚜름히 쓴 남자면 더 좋겠대요. 그렇다면 색시는 남자의 인물, 성격, 재력을 모두 보는 셈 아닌가요? 색시가 읊조리는 희망 사항을 읽다 보면 가수 태양의 〈I need a girl〉이라는 노래가 떠올라요.

치마보다 청바지가 더 잘 어울리는 그런 여자
김치볶음밥은 내가 잘 만들어 대신 잘 먹을 수 있는 여자
나이가 많아도 어려 보이는 여자
난 그런 여자가 좋더라
Girl I need a girl
뭘 해도 이쁜 몸매도 이쁜
Girl I need a girl
난 이런 여자가 좋더라

유머와 페이소스로 녹여 낸 주변인의 삶

노래 속 화자는 어떤 여자가 좋대요? 뭘 해도 이쁘고, 몸매도 좋은 여자래요. 게다가 나이가 많아도 어려 보이는 여자, 외모는 별로여도 멋을 아는 귀여운 여자를 찾고 있어요. 뿐만 아니라 말도 잘 통해야 한다네요. 이런 까다로운 조건을 모두 갖춘 여자가 과연 있을까요?

색시가 내놓은 이상형도 이런 수준인 거예요. 더 황당한 건 색시가 자신의 처지는 고려하지 않은 채 이런 조건을 내세운다는 거죠. 이런 조건을 갖춘 남자가 있다고 하더라도 색시와 결혼하고 싶어 할까요? 그런데 색시는 허황되게도 옆집 전문학교 학생들에게 관심을 가져요. 우물에 가서 그 집 식모에게 전문학교 학생의 성격이 어떤지를 꼬치꼬치 캐묻기도 하고요. 당시 최고의 지성인인 전문학교 학생이 색시에게는 도저히 넘을 수 없는 사차원의 벽인 '넘사벽'인 게 분명한데도, 색시는 물불 안 가리고 덤비는 거죠. 전문학교 학생들 집에 여학생이 찾아오자 분통을 터뜨리고, 급기야는 식모 일도 그만둡니다. 일련의 에피소드를 보면 여러분은 색시가 좀 밉살스러운 성격의 소유자라는 것을, 하지만 무턱대고 미워할 수는 없는 불쌍한 사람이란 걸 짐작할 거예요. 이렇게 생동하는 캐릭터를 만들어 내는 것이 바로 이태준의 장기인 거죠.

「달밤」, 「손거부」, 「색시」와 같은 소설을 재미있게 읽기 위해서는 인물을 중심에 놓고 볼 필요가 있습니다. '이런 일이 실제로 있을 수 있느냐.'라거나, '앞뒤 사건이 논리적으로 개연성이 있느냐.'를 따지며 읽으면 오히려 재미가 반감되는 거죠. 대신에 희극적이고 독특한 '캐리커처'를 즐기며 읽는 게 가장 좋은 소설 읽기의 방법이라고 할 수 있어요. 희극적인 캐리커처 그림이 그런 것처럼, 소설 속 인물이나 이야기는 과장된 것일 수 있습니다. 그래서 소설 속 인물의 삶이 비현실적일 수도 있지요.

가령, 황수건과 색시, 손거부 가족이 놓여 있는 열악한 삶에 주목한다면 우리가 웃음을 짓는 것은 어쩌면 잔인한 일입니다. 황수건 입장에서는 보자면 일자리도 잃고 아내도 잃은 처지가 전혀 희극적일 수 없는 거니까요. 그러나 「달밤」과 같은 소설에서 이태준의 관심은 가난하고 소외된 사람들의 삶에 놓여 있는 것이 아니었습니다. 때문에 문학의 사회성을 강조하는 카프 비평가들에게 이태준의 소설은 함량 미달로 보일 수밖에 없었지요. 인물들을 가난과 소외로 몰아넣은 사회적 모순에 관심을 보이지 않는 소설이 좋은 소설일 수 없다는 거죠. 가난한 사람을 관찰하는 인물에 대해서도 불만이 많은데, 가난한 사람에 대한 동정과 연민은 사회의 모순을 극복하는 데 아무 도움이 안 된다는 거예요. 하지만 사회성이 약하다는 지적은 「달밤」과 같은 소설에만 해당된다고 할 수 있어요. 이태준이 가난한 사람에게 동정과 연민을 보내는 소설만 쓴 게 아니기 때문입니다. 또한 부당한 현실에 대한 비판과 저항이 약자에 대한 동정과 연민에서 출발한다는 점을 떠올린다면, 사회적 약자에 대한 동정이 무조건 무용하다고 결론지을 수는 없습니다.

마지막으로 바보 캐릭터에 대한 이태준의 애정이 갖는 의미를 하나 더 생각해 보기로 해요. 앞서 말한 것처럼, 이태준이 모자란 사람들에게 애정을 가졌던 것은 자신이 불우한 삶을 살았던 때문일 것입니다. 같은 처지의 사람에게 공감하는 일종의 동병상련이라고 할 수 있지요. 하지만 황수건과 같은 사회적 약자에 대한 애정과 동정이 근대화에 대한 부정적 인식에서 비롯된다는 것도 알 필요가 있습니다. '근대화'라는 말이 어렵나요? 봉건제 사회에서 자본주의 사회로 이동하는 게 근대화예요. 쉽게 말해서, 서당 대신 신식 학교에서 교육을 받고, 병에 걸리면 무당을 찾아가는 대신 서양식 병원에서 치료를 받는 것이 근대화입니다. 달리 말한다면, 근대화가 된다는 것은 황수건과 같은 인물이 더 이상 활개를 펴고 다니지 못하는 세상이 되는 걸 의미해요. 예전에는 어느 동네에 가든 황수건과 같은 '동네 바보 형'이 한둘쯤은 있었다고 해요. 그런데 근대화된 사회에서 가장 중요한 것은 능률과 효율이고, 이 효율성을 떨어뜨리는 바보들은 이제 아무 쓸모가 없어지게 된 거죠. 바보들이 따로 모여 어느 시설에 수용되어 단순 작업을 할망정 돌아다녀서는 안 되는 세상이 된 것입니다.

그래서 「달밤」의 이 선생은 황수건이 큰소리 치고 다니는 성북동에 이사를 오자, 시골에 온 것 같다며 기뻐하는 거예요. 학교 급사로도, 신문 배달부로도, 남편으로서도 황수건은 자기 몫을 제대로 해내지 못해요. 즉 효율성을 저해하는 '문젯거리'이고, 근대사회에서 환영을 받을 수 없는 존재인 것입니다. 여러분의 학교생활을 예로 들어 볼까요? 운동 경기를 할 때 운동을 잘 못하는 친구는 환영받기 힘들고, 성적이 나빠 반 평균을 깎아 먹는 친구가 학급에서 눈총을 받는 게 근대화의 이치예요. 짧은 시간에 적은 노력을 들여서 많은 결과를 얻어야만 하니까요. 하지만 이건 정말 비인간적인 논리입니다. 평균을 높이든 떨어뜨리든 그것과 상관없이 인간은 그 존재 자체로 충분한 가치를 지니고 있기 때문이지요. 근대화의 논리는 황수건처럼 작고 힘없는 사람들을 무시하는 결과를 가져오는데, 이태준은 쓸모없어 보이는 사람조차도 충분히 존경받을 가치가 있다고 역설하는 것입니다.

지금까지 살펴본 것처럼, 1930년 초·중반은 이태준의 인생에서 가장 행복한 시기였습니다. 고독과 외로움에 시달려야 했던 그에게 가족은 무엇과 비교될 수 없을 만큼 소중했을 거예요. 또한 직장인 신문사에서도 인정을 받아 학예부장으로 승진을 하고, 단편소설, 장편소설 작가로 단단한 입지를 굳히게 되니까요. 순수문학이 꽃을 피운 1930년대에 그의 소설은 순수문학의 본보기로 인정을 받을 만큼 작가로서 명성을 얻었고, 구인회의 좌장으로 당시의 문단을 선도했으니 최고의 전성기였다고 해도 과언이 아니죠. 게다가 안정된 직장과 장편 원고료로 어린 시절부터 그를 괴롭히던 경제적인 문제에서 놓여나게 됐으니까요. 다음 장에서는 이 전성기를 지나, 이태준 소설의 또 다른 경향에 대해 알아보도록 하겠습니다.

유머와 페이소스로 녹여 낸 주변인의 삶

여기는 글쓰기 클리닉

| 이태준의 『문장강화』에서 배우는 글쓰기 |

이태준은 최고의 문장가라는 평가를 받았습니다. 그만큼 정확하고 아름다운 문장을 쓸 줄 알았던 작가이지요. 『문장강화』는 그런 이태준이 남긴 글 쓰는 방법, 문장 쓰는 방법에 관한 책입니다. 1940년에 발간되어 70여 년이 지난 오늘날까지도 글쓰기의 길잡이가 되는 책이지요. 우리도 최고의 선생님 이태준에게 글쓰기 수업을 들어 볼까요?

선생님, 정말 글 잘 쓰시나요? 선생님을 믿어도 될까요?

허허, 정지용 시인 알지요? 〈향수〉라는 노래도 있잖아요. "넓은 벌 동쪽 끝으로 옛 이야기 지줄대는 실개천이 휘돌아 나가고 얼룩배기 황소가 해설피 금빛 게으른 울음을 우는 곳" 내 입으로 내 자랑하긴 뭐하니 내 친구 정지용이 『지용문장독본』에 쓴 이야기를 대신 읽어 줄게요. "남들이 시인, 시인 하는 말이 너는 못난이, 못난이 하는 소리 같아 좋지 않았다. 나도 산문을 쓰면 된다. 쓰면 태준만치 쓴다고 변명으로 산문 쓰기 연습으로 시험한 것이 책으로 한 권은 된다." 이 친구가 원래도 글을 참 잘 써요. 그런데 나만큼만 썼으면 좋겠다, 그런 마음으로 연습을 한 거죠. 이제 됐나요?

글쓰기를 꼭 따로 배워야 하나요?

말이 저절로 배워지는 것과 달리, 글은 배워야 하는 것이에요. 혼자 보는 일기나 '금일상경' 식의 전보나 '일 없는 사람 들어오지 마시오' 같은 표지판이 아닌 다음에야 글은 아무리 편지 한 장이라도 한 편의 글로 짜임새를 갖추어야 하지요. 한 사람이 일상생활에서 지껄이는 말을 아무리 몇십 년치 기록해 놓은대야 그게 글이 되진 않잖아요? 글은 아무리 소품이든, 대작이든, 마치 개미면 개미, 호랑이면 호랑이처럼 머리가 있고 몸이 있고 꼬리가 있는, 일종의 생명체와 같아요. 그래서 전체를 설계하고 선택하고 조직하고 발전시키고 통제하는 공부와 기술이 꼭 필요하답니다.

그럼 말하는 것과 글 쓰는 것은 어떻게 다른가요?

말은 일상의 생활입니다. 평범한 것이지요. 일부러 연기할 필요도 없고 일일이 예리하게 심각하게 고도의 효과를 내려 비약하지도 않습니다. 하지만 문장은 말처럼 생활의 도구는 아니에요. 문장은 창조하는 도구입니다. 말이 미치지 못하는 어떤 핵심을 집어내야 합니다. 물론 옛날에는 한자를 썼기 때문에 말과 글이 달랐지요. 그러니 글을 쓰려는 사람이면 우선 말과 글이 같아져야 합니다. 즉, 언문일치 문장에 입문해야 해요. 글을 잘 쓰는 일은 이 언문일치 문장을 완전히 소화하고 나서야 가능합니다. 그런데 내 생각에 말을 그대로 적은 것은 언어의 녹음일 뿐, 글에서 말을 뽑았을 때 아무것도 남는 것이 없다면 그것은 문장의 허무예요. 문장에서 말을 뽑아내도 맛있는, 아름다운, 매력 있는 무슨 요소가 남아야 문장으로서 생명이 있는 것이지요.

문장을 쓸 때 가장 중요한 것은 무엇인가요?

내 책 『문장강화』의 주장을 한마디로 요약하면 '개성 있는 문장을 쓰라.'라는 것입니다. 사람들은 글의 재미가 글감에 달렸다고 생각하지만 그렇지 않아요. 물론 신문 기사라면 글감이 재미있어야 재미있고 글감이 슬퍼야 슬플 수 있지요. 하지만 신문의 문장이 아니라, '개성의 문장'이라면 글감이 재미있거나 슬픈 것은 글의 재미나 슬픔 과 크게 관련되지 않습니다. 개성 있는 관찰과 문장은 아무리 소박하고 하찮은 제재일지라도 그것을 재미있고 슬픈 이야기로 만들어 내니까요. 그래서 '날카로운 감각'으로 대상에서 무엇이고 새로운 것을 발견해 내야 합니다. 가령, '바람이 몹시 차다.'는 설명입니다. 반면, '바람이 칼날처럼 뺨을 저민다.'는 감각이죠. '석류꽃이 이쁘게 폈다.'는 설

이태준_3

명이고, '석류꽃이 불덩이처럼 이글이글한 것이 그늘진 마당을 밝히고 있었다.'는 감각이지요.

글을 잘 쓰려면 아름답게 꾸미기만 하면 된다는 건가요?

전혀 아니랍니다. 어떤 사람은 내 글이 사상과 내용은 없는 아름답기만 한 미문(美文)일 뿐이라고 비판하기도 하지요. 하지만 내가 거듭 강조하는 것은 남과 다른 나만의 것, 즉 개성이에요. 그러기 위해서는 관찰과 착상부터 달라야 하지요. '얼굴이 꽃처럼 아름답다.' '시간이 쏜살같이 흐른다.'라는 표현은 죽은 비유예요. 자기만의 표현도 아니고 꼼꼼한 관찰에서 나온 표현도 아니니까요. 정지용이 「비」라는 시에서 빗방울을 "날벌레 떼처럼 매달리고 미끄러지고 엉키고 또그르 궁글고 홈이 지고 한다"라고 묘사한 것을 보세요. 참 잘 썼지요? 여러분도 좋은 글을 쓰고 싶다면 평소에 날카로운 관찰력과 구체적인 묘사력을 키우기 위해 노력해 보세요. ⊙

4

먹장 같은 밤,
개구리 맹꽁이 소리
가득한데

{ 식민지 조선의 실상을 리얼하게 그리다 }

고향을 떠난 사람들

앞에서 「달밤」과 같은 소설의 공통점을 말했지요. 성북동이 배경이라는 것, 그리고 못난이 캐릭터가 등장한다는 것 외에도 공통점이 또 있어요. 가난하고 소외된 주인공을 관찰하는 지식인 주인공이 등장해서, 그 관찰자가 소설을 이끌어 간다는 거죠. 네, 바로 일인칭 관찰자 시점입니다.

일인칭 관찰자인 '나'는 배운 것도 많아 보이고 경제적으로도 좀 여유로워 보입니다. 무엇보다도 마음씨가 따뜻한 사람이어서 작가인 이태준을 떠올리게 하지요. 그런데 어떤 사람들은 지식인 관찰자를 내세우는 이태준 소설의 이런 특징을 싫어하기도 합니다. 지식인의 동정과 연민이 가식적으로 느껴진다는 거예요. 이런 지적이 좀 편파적이긴 하지만, 꼭 틀린 것만은 아닙니다. 앞 장에서 살펴본 「달밤」, 「손거부」, 「색시」를 읽고 지식인의 동정이 한계를 갖는다는 평가를 할 수 있다는 거지요.

하지만 이태준이 소설에서 이렇게 마음 따뜻해지는 동정과 연민의 감정만을 보여 주는 건 아닙니다. 「달밤」처럼 가진 것 없는 사회적 약자를 동정 어린 시선으로 그린 소설도 썼지만, 사회적 모순을 깊이 있게 다룬 소설도 썼기 때문입니다. 가령 「봄」, 「꽃나무는 심어 놓고」, 「촌뜨기」처럼 사실주의* 정신을 잘 살린 소설도 썼지요. 특히, 1930년대 말에 씌어진 「농군」, 「밤길」은 사실주의 정신을 잘 살린 소설이라는 평가를 받았습니다.

「달밤」이나 「색시」의 주인공이 가난하고 불쌍한 사람들이었듯 「봄」, 「밤길」의 주인공도 가난한 하층민들입니다. 아니, 황수건이나 색시보다 이 사람들이 더 불행하다는 게 옳을 거예요. 황수건이나 색시, 손거부에게는 모자라다거나 게으르다거나 하는 결함이 있었는데, 이들에게는 그런 결함이 없거든요. 「봄」의 박 씨네 일가, 「꽃나무는 심어 놓고」의 방 서방 부부, 「밤길」의 황 서방은 지능이 떨어지는 사람도 아니고 게으른 사람도 아닙니다. 이들은 살기 위해 항상 부지런히 일합니다. 그런데 열심히 일하면 할수록 점점 더 가난해지는 아이러니가 생기는 거죠.

그래서 우리는 이태준의 소설을 읽으면서 배울수록 취직이 안 되고, 일할수록 가난해지는 1930년대의 모순을 짐작해 볼 수 있습니다. 이태준은 이런 모순이 도시화, 근대화에 있다고 봤습니다. 식민지의 근대화를 주도한 것은 일제였으니까 당연히 일제에 잘못이 있다고 보았고요. 일본은 조선을 근대화시킨다고 근대 학교, 신식 병

사실주의 현실을 있는 그대로 묘사해 보여 주려고 하는 창작 태도. 작가의 관점과 주관에 따라 내용을 바꾸거나 더하지 않고 객관적으로 관찰한 사실을 있는 그대로 그려 낸다. 리얼리즘과 비슷한 말이다.

원을 도입했습니다. 법률이나 국가 제도도 서양을 따라서 바꾸지요. 이 근대화의 물결 속에서 많은 농민들이 도시로 이주하게 됩니다. 하지만 가진 것 없이 농사밖에 모르고 살아온 이들은 낯선 도시에서 빈민층이 되고 말아요.

이태준은 일본 유학까지 다녀온 사람이지만 일제에 의해 주도된 근대화가 반드시 옳다고 생각하지는 않았습니다. 근대화, 도시화의 영향으로 소중하고 고상한 옛것이 하찮게 여겨지는 것도 안타깝게 여겼고, 돈이 최고라는 물질만능주의에 대해서는 경멸 어린 시선을 보냈지요. 특히 일본이 주도한 근대화 계획에 대해서 은근한 불만을 갖고 있었어요. 「고향」에서는 고학력 백수를 만들어 낸 교육 정책을 비판적으로 다루기도 하고, 「봄」, 「꽃나무는 심어 놓고」에서 도시 빈민층의 심각성을 이야기하기도 하죠. 또 1930년대 중반에 쓰인 「장마」라는 소설에서는 일제의 정책을 대놓고 비판하기도 합니다.

안국동서 전차로 갈아탔다. 안국정(安國町)이지만 아직 안국동이래야 말이 되는 것 같다. 이 동(洞)이나 리(里)를 깡그리 정화(町化)시킨 데 대해서는 적지 않은 불평을 품는다. 그렇게 비즈니스의 능률만 본위로* 문화를 통제하는 것은 그릇된 나치스의 수입이다. 더구나 우리 성북동을 성북정이라고 불러 보면 '이 주사'라고 불러야 할 어른을 '리 상'이라고 남실거리는 격이다. 이러다가

* 본위로 기준으로

식민지 조선의 실상을 리얼하게 그리다

는 몇 해 후에는 이가니 김가니 박가니 정가니 무슨 가니가 모두 어수선스럽다고 시민의 성명까지도 무슨 방법으로든지 통제할는지도 모른다.

　모든 것에 있어 개성을 살벌(殺伐)*하는 문화는 고급한 문화는 아닐 게다.

– 소설 「장마」 중에서

　1930년대 중반 일제는 무슨 '동'이라고 부르던 것을 '정'으로 통일시킵니다. '성북동'을 '성북정'이라고 일본식으로 부르라는 거지요. 이에 대해 이태준은 식민 당국의 조치가 능률만 고려한 것이라며 독일 나치와 비슷하다는 강도 높은 비판을 하죠. 또 흥미로운 점은 앞으로는 시민의 성명까지도 통제할지 모른다며, 얼마 후 있게 될 창씨개명의 상황을 이미 예견하고 있다는 거예요. 이태준은 능률을 내세운 일본의 근대화 정책에 불만을 가지고 있었는데, 그 근거는 이러한 통제와 억압이 문화의 개성을 말살하게 된다는 거였죠.

　일제 말에 일본은 교육령을 개정해서 조선어 과목을 폐지시키고 조선어로 창작을 하는 것도 금지합니다. 이런 탄압 속에서도 이태준은 조선의 개성을 살리기 위해서는 조선 작가들이 조선어로 창작을 해야 한다고 주장했어요. 물론 이태준이 근대화를 혐오하고 근

살벌 　무력을 이용해 죽이는 것

대 이전의 상태로 돌아가자고 주장한 '전근대주의자'는 아닙니다. 그 역시 근대의 교육을 받았던 사람이고, 근대의 산물인 언론과 출판에 종사한 걸 봐도 알 수 있지요. 단, 그는 능률 중심의 과도한 근대화를 경계했습니다. 그래서 이태준 소설에는 도시와 시골이 대립적인 공간으로 형상화된 경우가 많습니다. 시골이 유토피아로 그려진다면, 도시는 지옥으로 그려지는 식이지요. 도시에 속해 있으면서도 시골의 요소를 품고 있는 「달밤」, 「색시」 등의 공간이 다소 인정 넘치는 공간으로 묘사되는 것은 물론이고요.

도시는 지옥, 시골은 천국. 참 단순한 논리지요. 그런데 사람들은 왜 지옥 같은 서울로 자꾸 몰려들었을까요? 궁극적인 원인 제공자는 일제였습니다. 1930년대는 일본의 조선 착취가 심해지던 시기였어요. 1920년대 말부터 시작된 세계 대공황으로 상황은 더욱 악화되었지요. 1930년대 초반, 일제가 시행한 토지조사사업으로 자작농이 현저히 줄어들고 소작농이 두 배 정도로 증가하게 됩니다. 졸지에 소작농이 된 농민들은 「꽃나무는 심어 놓고」에 나오는 방서방네 가족처럼 어쩔 수 없이 농사를 그만두게 되는 경우가 많았어요. 이들이 도시로 흘러들어 도시 빈민으로 전락한 것은 당연한 결과였습니다.

일제가 시행한 산금정책", 산미증산계획"은 농민들에게 과도한

산금정책 중일전쟁에 필요한 군수 물자 조달을 위해 실시한 금광 개발 정책.
산미증산계획 일본이 조선을 쌀 공급 기지로 만들기 위해 실시한 식민 정책. 늘어난 쌀 생산량보다 일본이 빼앗아 간 양이 더 많아 조선 농민들은 가난과 굶주림에 시달려야만 했다.

식민지 조선의 실상을 리얼하게 그리다

부담을 주었습니다. 일제의 수탈로 자작농이 소작농으로 전락하게 되고, 소작농은 부칠 땅을 잃고 고향을 떠나게 되지요. 날품이라도 팔려는 사람은 도시로 밀려들고, 도시 노동자가 늘어나자 임금은 낮아지고 맙니다. 이런 식으로 꼬리에 꼬리를 물고 상황이 악화되는 거예요. 자작농은 소작농이 되고, 소작농은 도시 노동자가 되고, 도시 노동자는 도시 빈민이 되는 악순환! 그러니 1930년대의 도시 노동자의 생활은 빈민의 수준을 면하지 못했던 것입니다.

박 씨는 왜 맥주병을 걷어찼나

「꽃나무는 심어 놓고」는 농민이 왜 도시 빈민으로 편입되는지, 그 과정이 어떠한지를 압축적으로 보여 주는 작품입니다. 이 소설은 방 서방네 부부가 고향을 떠나는 장면에서 시작해요. 마음 약한 아내는 자꾸 뒤를 돌아봐요. "자꾸 돌아봐 뭘 해, 어서 바람을 졌을 때 힝하니 걸어야지……."라고 말하는 남편의 눈에도 눈물이 핑그르 돕니다. 이들에게는 과연 무슨 일이 있었던 걸까요?

고향을 떠나는 사람은 방 서방네 세 식구입니다. 방 서방과 아내 김 씨, 그리고 두 돌이 되는 딸 정순이. 눈물을 훔치며 고향을 떠나지만 작년만 해도 방 서방은 동네에서 남부러울 것 없이 살았습니다. 할아버지도 살아 계셨고요. 방 서방은 김 진사네 땅을 빌려서 농사를 짓는 소작농이었지만, 김 진사가 마음씨 좋은 지주였기 때문에 방 서방네는 넉넉한 삶을 누릴 수 있었어요. 그런데 김 진사의 아들이 금광에 투자했다가 망하면서 문제가 생깁니다. 김 진사의 아들은 땅을 일본 회사에 팔아넘기고 방 서방네는 새로운 주인을 모셔야 하는 거죠.

그런데 일본 회사는 가혹한 방식으로 땅을 빌려 주는 까닭에 방 서방네는 각종 비룟값과 세금에 시달리게 됩니다. 한 해 농사를 짓고 무슨 세금, 무슨 요금을 빼고 나니 적자가 난 거예요. 그래서 빚이 생기고, 빚을 갚으려고 집과 소를 팔게 된 거죠. 방 서방네만 이런 상황이었던 게 아니어서, 삼 년 사이에 대여섯 집이 동네를 떠납니다. 동네 사람들이 자꾸 이사를 나가게 되니까 관청에서도 그냥 두고 볼 수는 없게 되는데, 군청의 조치가 우스워요. 사쿠라 나무, 그러니까 벚나무를 집집마다 두 그루씩 나누어 주고 심으라는 거예요. 왜냐고요? 봄날에 벚꽃이 핀 광경은 정말 아름다운 장관이잖아요. 이렇게 아름다운 꽃이 구름처럼 피면 동네 사람들이 쉽게 떠나지 않을 거라는 거죠.

먹고살 것이 없어서 울며 동네를 떠나는 사람들에게 사쿠라 나무를 나누어 주겠다는 발상이 정말 어처구니없지 않나요? 당연히 관청의 조치는 동네 사람들이 떠나는 것을 막을 수 없었어요. 아무리 열심히 일해도 빚만 늘어나는 생활 속에서 당장 입에 풀칠하기도 어려운데, 어떤 사람이 아름다운 꽃이 핀다고 고향을 지키겠어요? 가난하다고 해서 벚꽃의 아름다움을 느끼지 못하는 것은 아닐 거예요. 살아야 하기 때문에 어쩔 수 없이 고향을 떠나는 것이지요. 그래서 제목이 '꽃나무는 심어 놓고'인 거예요. 아름다운 꽃나무는 심어

식민지 조선의 실상을 리얼하게 그리다

놓았지만, 고향을 떠날 수밖에 없다는 것입니다.

방 서방 가족 역시 빚을 지고 쫓기듯 고향을 떠나는 중인 거예요. 소설에는 '도망'이라는 표현이 나옵니다. 남편은 이불보, 옷 꾸러미, 솥단지, 바가지를 걸머지고, 아내는 이불과 어린아이를 꿍쳐 업고 차가운 바람을 뚫고 부지런히 걷고 있으니, 도망이라는 표현이 과장이 아니지요. 이들의 목적지는 서울입니다. 가진 게 몸뚱이밖에 없는 부부가 할 수 있는 일이라고는 노동뿐이니까요. 벚나무를 심어 놓은 아름다운 동네에서 일하면 되지 않느냐고요? 농촌에서는 농번기처럼 바쁜 때에만 일손이 필요하지 평상시에는 노동력을 필요로 하지 않잖아요. 그러니 노동력을 팔기 위해서는 상업이나 공업이 발달하고 많은 사람이 모여 있는 도시로 가야 하는 거죠.

방 서방 일가는 겨울의 매서운 바람을 뚫고 걸어서 간신히 서울에 도착합니다. 하지만 이들을 맞아 준 서울은 아주 냉정한 곳이지요. 여행자 행색인 가족을 보자 여관 심부름꾼이 호객 행위를 해요. 하지만 돈이 없다고 하자 얼굴빛을 바꾸고 달아나 버리지요. 그래서 방 서방네 식구는 다리 밑으로 갑니다. 소설에 보면 꼭 거지들이 다리 밑으로 모여드는데, 실제로 그럴 수밖에 없어요. 다리 밑은 눈비와 바람을 피할 수 있는 공간이자 나름대로 아늑함을 주는 곳이니까요. 방 서방은 거적을 사다가 두르고 냄비를 걸고 쌀과 나무를 사들이기도 합니다. 당장 급한 것은 방 서방이 일자리를 구하는 것인데 그게 쉽지가 않죠.

거기다 엎친 데 덮친 격으로 순사가 찾아옵니다. 누구 허락을 받

식민지 조선의 실상을 리얼하게 그리다

고 다리 밑에서 불을 때느냐, 불이라도 나면 책임질 거냐며 나무라는 거죠. 하지만 순사가 다시 찾아올 일은 곧 없어지고 맙니다. 양식이 떨어져서 불 땔 일이 없어졌으니까요. 아내와 어린 딸을 굶기게 된 방 서방은 누구에게랄 것 없이 욕을 해 대요. 아마 여러분이라도 이런 상황이라면 욕이 나오지 않았을까요? 방 서방은 이렇게 내뱉습니다. "경칠 놈의 세상!" 이 욕은 이태준 소설 속 주인공이 자주 애용하는 욕이랍니다. 경을 친다는 것은 혹독하게 벌을 준다는 말로, 이 부조리한 세상을 말로나마 속 시원하게 혼내고 싶은 거죠.

하지만 세상을 욕하고 저주한다고 먹고사는 문제가 해결되는 것은 아닙니다. 가장인 방 서방도 걱정이 많지만 아내도 걱정이 이만저만이 아니에요. 쌀이 떨어지자 아내인 김 씨는 구걸을 하러 나섭니다. 이 집 저 집 다니며 식은 밥, 더운밥을 한 바가지 얻고 좋아하는데, 아뿔싸 길을 잃어버린 거예요. 서울에 처음 온 시골 아낙의 눈에 서울 거리는 모두 그게 그걸로 보이는 거죠. 그때 마침 친절한 노파가 나타나서 김 씨를 도와줍니다. 하지만 행운이 이렇게 쉽게 찾아올 리는 없겠죠. 아니나 다를까, 이 노파는 여자들을 꾀어 술집에 팔아먹는 나쁜 사람이었어요. 그래서 김 씨는 술집으로 팔려가게 되지요.

사정을 모르는 방 서방은 독한 욕을 해 대면서 아내를 저주합니다. 남편과 어린 딸을 버린 천하의 몹쓸 여자라고요. 설상가상으로 어린 딸 정순이가 열병에 걸려요. 영악한 서울 의사는 돈 한 푼 낼 수 없는 방 서방의 딸에게 제대로 된 치료를 해 주지 않죠. 결국 아이는 그렇게 죽고 맙니다. 여러 가지 비극 중에도 어린아이가 죽는 모습은 눈 뜨고 보지 못할 가장 비참한 노릇인데, 이태준은 소설 속에서 아이가 죽는 장면을 자주 등장시켜요. 요즘과 달리 식민지 시기에는 영양도 부족하고 의료 기술이 발달하지 않아 영아 사망률이 엄청 높았지요. 어린아이의 죽음은 열악한 환경에서 많은 아이들이 죽었던 비참한 현실을 보여 주는 것입니다. 또한 어린아이의 죽음을 통해 소설의 비극성을 고조시키려는 것이기도 하고요.

부칠 땅을 빼앗기고 아내는 술집에 팔려 가고 어린아이마저 죽으며 「꽃나무는 심어 놓고」는 끝이 납니다. 잔인하다 싶을 만큼 한 가족의 몰락을 처절하게 보여 주지요. 이태준은 열심히 일하면 나아진다거나, 시간이 지나면 괜찮아질 거라는 희망을 조금도 허락하지 않아요. 하지만 한 가족의 몰락사를 그린 이태준의 이 소설이 과장은 아닙니다. 우리나라 전 국민의 70퍼센트를 차지하고 있던 농민이 소작농에서 도시 하층민으로 편입되던 1920~1930년대에 이런 비극은 비일비재했으니까요.

「꽃나무는 심어 놓고」가 농민이 도시 빈민으로 편입되는 과정을 사실적으로 보여 주는 소설이라면, 「봄」이나 「밤길」은 도시 노동자, 빈민의 현실을 반영한 소설입니다. 「봄」의 주인공 박 씨는 몇 해 전 도시 월급 생활자를 꿈꾸며 가족을 이끌고 서울로 올라왔어요. 하지만 서울 생활 몇 년 만에 있던 돈은 다 까먹고 아내는 장티푸스로 세상을 떠나고 맙니다. 자신과 딸이 공장에서 노동자로 일해 겨우 입에 풀칠을 하지만, 이들에게 미래나 희망은 전혀 보이지 않지요.

식민지 조선의 실상을 리얼하게 그리다

박 씨는 인쇄소에 다니고 딸은 담배 공장에 다닙니다. 부녀가 '기계의 종'으로 전락한 거죠.

자랄수록 엄마의 모습을 닮아 가는 딸을 볼 때마다 박 씨는 가슴이 미어집니다. 노동으로 딸의 얼굴은 창백하고, 숨 쉴 때마다 어린 딸에게서는 그윽한 담배 향기가 나요. 담배 공장 노동자에게서 나는 '직업의 냄새'라고 할 수 있는 거지요. 지친 딸은 그래도 봄이라고 어디서인지 벚꽃을 두어 송이 꺾어서 맥주병에 꽂아 놓아요. 그 꽃을 보면서 박 씨는 그리운 고향 산천을 떠올립니다. 자연스레 죽은 아내도 떠올리고요. 물론 이 아름다운 고향 산천의 모습은 잔인하고 비극적인 현실과 정반대죠. 맞아요, 이게 바로 대조랍니다. 이 대조적인 상황에서 박 씨의 입에서는 욕이 나옵니다. 이태준 소설의 주인공답게 "경칠 비나 더 쾅 하고 쏟아져라……." 하고요.

왜 비나 쏟아지라고 욕을 하냐고요? 음, 심술에서 나온 저주라고 할까요? 매서운 겨울이나 더운 여름이었다면 박 씨의 심사가 이렇게 뒤틀리지는 않았을 거예요. 자기의 처지는 답답하기 짝이 없는데, 봄이라고 돈 있는 사람들이 좋은 곳으로 꽃구경을 다니는 게 아니꼽지 않겠어요? 그래서 비나 쾅쾅 쏟아져라 하고 욕을 하는 거지요. 중간고사나 기말고사 기간에 날씨가 좋으면 더 약이 오르는 우리들 심리와 비슷한 거죠.

심술이 나서 욕을 하긴 했지만 박 씨도 속으로는 꽃구경을 가고 싶어 합니다. 그래서 다음날 박 씨는 비록 혼자서이긴 하지만 남산으로 꽃구경을 가요. 그리고 딸에게 선물하려고 벚꽃을 한 가지 꺾지요. 여기까지는 괜찮은 진행이지요? 하지만 꽃을 꺾는 순간, 갑자기 박 씨의 눈앞에서 불이 번쩍 일어납니다. 어디선가 나타난 산지기가 박 씨의 빰을 때린 거예요. 사람들 앞에서 빰을 맞으며 망신을 당했으니, 박 씨의 마음이 어떨까 짐작이 가지요? 네, 박 씨는 당연히 욕을 했습니다. 산지기가 보는 앞에서는 차마 하지 못하고 안 보는 데서요.

> 박은 다리가 후들후들하는 울분으로 남산을 어청어청 내려왔다.
> 오래간만에 일찍 들어서 보는 집이건만, 어둡고 써늘하고 빈방은 일찍 오는 보람이 없었다.
> "경칠……."
> 박은 방에 들어서는 길로 무슨 분풀이나 하듯 딸이 신주처럼 위하는 꽃병을 발길로 차 던지었다. 아르묵 벽을 부딪고 나가떨어지는 맥주병은 피나 토하듯 쿨쿨거리며 물을 쏟았다. 쏟아진 물은 밀어놓은 누더기 이불 섶을 적시며 뚫어진 박의 양말 바닥에까지 스며들었으나, 박의 발은 물이 찬 것도 느끼지 못하는 듯 좀처럼 움직이지 않았다.
>
> – 소설 「봄」 중에서

박은 산지기에게 왜 때리느냐고 항의를 한 것도 아니고, 홧김에 누군가와 싸움을 한 것도 아니에요. 이태준 소설 속 인물답게 '경칠'로 시작하는 욕을 하며 그냥 집으로 들어온 거예요. 그리고 아무 잘

식민지 조선의 실상을 리얼하게 그리다

못 없는 맥주병이나 걷어차는 수밖에 없는 거죠. 꽃병으로 쓰던 맥주병이 넘어지면서 그 안에 있던 물이 쏟아져요. 그 물에 누더기 이불이 젖고 뚫어진 박 씨의 양말이 젖고……. '차라리 맥주병을 걷어차지 않았더라면 이불과 양말이 젖지는 않았을 텐데. 아니, 남산으로 꽃구경을 가지 않았더라면 이런 개망신을 당하지 않았을 텐데. 근본적으로는 서울로 오지 않았더라면 이런 꼴을 보지 않았을 텐데.'라고 박 씨가 생각하지 않았을까요?

맥주병을 걷어차는 박 씨의 행동을 보면서, 문학이 계급 혁명의 수단이 되어야 한다고 주장한 카프 비평가들에게 왜 이태준의 소설이 2퍼센트 부족해 보이는지 짐작할 수 있습니다. 카프 비평가는 박 씨가 자신의 상황에 대해서 계급적인 각성을 하기를, 그러니까 자신이 이렇게 비참한 삶은 사는 것은 부당하고 이 세상이 뭔가 잘못되었다는 것을 깨닫기를 바라는 거예요. 그리고 나아가 자본가들에게 이의를 제기해야 한다는 거지요. 그런데 박 씨는 지금 혼자 왕짜증을 내고 있는 거예요.

이태준은 나중에 자신의 문학적 경향에 대해서 '계급보다 민족의 비애'에 주목했었노라고 솔직히 고백하며 반성합니다. 하지만 가난하고 소외된 사람들의 불행한 삶을 있는 그대로 그리는 것도 가치 있다고 할 수 있어요. '어떻게 해야 하는가?'라는 답을 제시하지는 못하지만, 이래서는 안 된다는 문제의식을 제공하는 거니까요.

이보다 더 비참할 수는 없다

하지만 「봄」이나 「꽃나무는 심어 놓고」가 뭔가 부족하다고 생각하는 비평가들도 「밤길」이 이룬 성취에 대해서는 군말을 달지 않습니다. 「밤길」은 1940년도에 발표된 소설이에요. 1940년이면 일제의 압제가 극에 달하던 시점이죠. 이런 상황을 배경으로 어느 집 행랑살이를 하던 황 서방의 삶이 펼쳐집니다.

남의 집에서 일을 해 주고 살던 황 서방은 돈을 벌어 보겠다고 아내와 아이들을 떼어 놓고 인천 월미도로 내려왔습니다. 얼마 전 아들이 태어나 세 아이의 아버지가 되고 가장의 책임을 무겁게 느끼게 된 탓이죠. 월미도 공사장에서 일하며 얼마 동안은 돈을 모으는가 싶었어요. 그런데 돈이 생기자 황 서방은 먹고 싶었던 냉면, 아이스케키도 사 먹고 신발도 한 켤레 삽니다. 그러다 보니 모이는 돈이 없네요. 이래서는 안 되겠다 싶어서 먹고 싶은 걸 참아 가며 돈을 모으죠.

그런데 장마가 시작되자 벌어 놓았던 돈을 까먹는 상황이 됩니다. 장마로 집 공사가 지연되면서 모았던 돈마저 까먹게 된 건 당연하고요. 일을 할 수 없어서 숙박비가 여의치 않은 황 서방에게 다행히 짓고 있는 집 주인이 권 서방과 함께 공사장에서 지내라고 선심을 써요. 공사장의 자재와 설비를 지킬 수 있으니까 주인에게도 손해는 아니었을 거예요. 그렇게 짓다 만 집에서 장마가 끝나기만을 기다리는데, 느닷없이 서울 주인집 마님이 찾아옵니다. 그리고 황 서방을 보자마자 귀싸대기를 때리는 거예요. 「봄」의 산지기도 그렇지만 「밤길」의 집주인도 무례하기 짝이 없는 사람이죠? 가난하고 힘없는 사람을 인간 취급 안 하고 따귀를 철썩철썩 갈기고 있으니까요.

하지만 서울 주인마님 입장에서는 황 서방의 따귀를 더 때려도 시원치가 않습니다. 황 서방이 공사판으로 떠나자 그의 젊은 아내가 아이들을 내버리고 달아나 버린 거예요. 두 딸과 백일도 안 된 젖먹이까지 두고 떠났으니 정말 독하지요. 물론 「꽃나무는 심어 놓고」에 등장하는 방 서방의 아내처럼 못된 사람의 꾐에 빠져 인신매매를 당했을 수도 있습니다. 하지만 앞뒤 정황상 황 서방의 아내는 이미 서울 생활을 꽤 해 본 사람 같으니 어디 팔려 간 것은 아닌 것 같아요. 먹고 사는 문제가 급선무였던 1920, 1930년대에는 자기 친딸을 사창가에 파는 경우가 매우 많았다고 합니다. 또 경제적인 이유로 남편이나 아내를 살해하는 경우도 많았고요. 끔찍한 일이지요. 그러니끼 시대 배경을 생각하면 황 서방의 아내가 백일 된 아이를 버리고 달아났다고 해서 놀랄 일도 아닌 것입니다.

황 서방 아내의 가출로 덤터기를 쓴 것은 주인집 내외였어요. 사내는 일하러 가서 감감무소식이고 여자는 달아났으니, 엉겁결에 세 아이의 보호자가 된 거죠. 게다가 어린 사내아이는 언제 죽을지 모르는 상황이니, 이러다가 법적인 책임까지 뒤집어쓸지 모르게 된 것입니다. 그때 마침 황 서방이 보낸 편지가 도착했고, 주인은 세 아이를 끌고 월미도로 부리나케 찾아온 거예요. 며칠 동안 고생한 생각을 하니 열이 받아서 황 서방의 귀싸대기를 때린 거지요. 열 받고 막막하기는 황 서방이 더하겠죠? 우선 갓난아이의 병세가 심상치 않아 병원을 찾아갑니다.

> 허턱 병원을 찾았다. 의사가 왕진 갔다고 받지 않고, 소아과가 아니라고 받지 않고 하여 네 번째 찾아간 병원에서 겨우 진찰을 받았다. 의사는 애 아비를 보더니 말은 간호부에게만 무어라 지껄이고는 안으로 들어가 버린다.
> "안 되겠습죠?"
> "아는구려."
> 하고 간호부는 그냥 안고 나가라고 한다.
> "한이나 없게 약을 좀 줍쇼."
> "왜 진작 안 데리고 오냐 말요? 이런 애 죽은 건 에미 애비가 생아일 쥑이는 거요. 오늘 밤 못 넹규."
> 황 서방은 다시는 울 줄도 모르는 아이를 안고 어청어청 다시 돌아오는 수밖에 없었다.

- 소설 「밤길」 중에서

왜 병원을 네 군데나 찾아다니는지 이해가 안 된다고요? 음, 병원의 의사와 간호사는 황 서방의 행색을 보고 그에게 돈이 없다는 걸 알아챘을 거예요. 게다가 아이의 병세는 심상치 않고요. 병은 못 고칠 게 뻔한 데다가, 병원비도 못 받을 거 같으니까 진료를 안 해 주는 것입니다. 황 서방은 아이가 오늘 밤을 넘기지 못할 거라는 의사

식민지 조선의 실상을 리얼하게 그리다

의 이야기를 듣고 비를 맞으며 다시 숙소로 돌아와요. 돌아오는 길에 돈을 탈탈 털어서 호떡을 사지요. 아이에게 무어라도 먹이기 위해서요. 호떡을 질근질근 씹어서 아이의 입에 넣어 보지만 갓난쟁이는 꼴깍꼴깍 게워 버리고 맙니다.

자, 황 서방이 처한 상황은 최악이라고 할 수 있겠지요? 넋을 놓고 있는 그때, 옆에서 권 서방이 입바른 소리를 해 옵니다. 이야기인즉슨 이래요. "이러다가 갓난아이가 죽고 그걸 주인이 알게 되면 어떻게 하냐? 주인 입장에서는 자기 새 집에서 사람이 죽어 나가는 게 기분 나쁘지 않겠느냐, 이건 사람의 도리가 아니다." 뭐 이런 이야기지요. 권 서방의 경우 바른 소리를 듣고 황 서방은 당연히 발끈합니다. "갈 데 없는 놈끼리 너무하네."라며 역정을 내요. 하지만 생각할수록 권 서방 말이 맞거든요. 그래서 두 남자는 죽어 가는 아이를 안고 우산을 펼치고 밖으로 나가요.

품에 안고 있다가 아이의 숨이 끊기면 어디 마땅한 데다가 묻고 오자는 것입니다. 아이를 안고 밖에 나서자 바람이 세차요. 비바람에 우산은 뒤집히고 비가 아이 얼굴에 쏟아지죠. 그래도 아이는 아무 소리가 없습니다. 죽었나 하고 성냥을 켜 보면 그래도 숨이 붙어서 아이의 목줄이 발랑대고 있어요. 또 그렇게 걷다가 우산이 뒤집히고, 다시 성냥을 그어서 아이의 생사를 확인하고. 참 잔인한 장면입니다. 성냥을 켜는 두 남자는 아이의 생사를 확인하려는 게 아니라, 마치 아이가 죽기를 초조하게 기다리는 것처럼 보입니다. 한참을 걸어온 황 서방은 빗속에서 이렇게 절규합니다. "이거, 왜 얼른

뭬지지 않어!"

죽은 줄만 알고 안아 올렸던 권 서방은 머리칼이 곤두섰다. 분명히 아이의 입에서 무슨 소리가 난다. 꼴깍꼴깍 아이의 입은 무엇을 토하는 것이다. 비리치근한 냄새가 왝 끼친다.

"여보 어디……?"

황 서방도 분명히 꼴깍 소리를 들었다. 아이는 아직 목숨이 붙었다. 빗물이 입으로 흘러 들어간 것을 게운 것이다.

"제에길, 파리 새끼만두 못한 게 찔기긴!"

아비가 받았던 아이를 구덩이 둔덕에 털썩 놓아 버린다.

비는 한결같다. 산골짜기에는 물소리뿐 아니라, 개구리, 맹꽁이 그리고도, 무슨 날짐승 소리 같은 것도 난다.

아이는 세 번째 들여다볼 적에는 틀림없이 죽은 것 같았다. 다시 구덩이 바닥에 물을 쳐내었다. 가마니를 한끝을 깔고 아이를 넣고 남은 한 끝으로 덮고 흙을 덮었다.

황 서방은 아이를 묻고, 고무신 한 짝을 잃어버리고 쩔름거리며 권 서방의 뒤를 따라 행길로 내려갔다.

─ 소설 「밤길」 중에서

위의 인용을 읽어 보면 알겠지만, 「밤길」에서는 이태준의 이전 소설에서 발견되던 감상이나 동정 같은 것이 전혀 느껴지지 않습니다. 아이의 숨이 끊어지기를 기다리는 두 남자의 모습을 마치 카메

식민지 조선의 실상을 리얼하게 그리다

라처럼 담담하고 냉정하게 보여 줄 뿐이에요. 서술자가 황 서방의 상황이 너무 불쌍하지 않느냐는 식의 말을 했으면 어땠을까요? 이런 설명이 있다면 독자가 눈물을 더 많이 흘릴 수는 있겠지만, 위의 인용문을 읽을 때처럼 마음이 스산해지지는 않을 것입니다. 냉정하고 객관적인 묘사가 주는 슬픔이 따로 있는 거지요.

위의 장면을 인상적으로 만드는 또 하나의 장치는 배경처럼 깔려 있는 산골짜기의 물소리, 개구리, 맹꽁이 소리입니다. 만약 이 소설이 영화로 만들어졌다고 상상해 보세요. 그러면 이 장면에서 어떤 소리가 들리겠어요. 장마철이니까 시종일관 비 내리는 소리가 들리고, 위의 장면에서는 시끄러운 개구리, 맹꽁이 소리가 가득 차 있겠지요.

여러분도 아마 그런 경험이 있을 거예요. 개인적으로 감당하기 무척 어려운 일이 생기고 다음 날 가까스로 눈을 뜨고 밖으로 나가요. 그러면 여러분에게 닥친 시련과는 전혀 상관없이 하루가 시작되는 걸 발견하게 되죠. 특히, 자연현상은 조금도 변함이 없어요. 나에게 무슨 일이 생겨도 해가 뜨고 바람이 부는 거죠. 이런 때 변함없고 한결같은 자연은 우리에게 위로가 아니라 절망을 주기도 합니다. 「밤길」의 자연 배경도 마찬가지예요. 믿었던 아내의 배신과 하나밖에 없는 아들의 죽음이 황 서방에게는 하늘이 두 쪽 나는 것처럼 고통스러운 일이지만, 자연은 그런 황 서방의 처지는 아무런 상관이 없다는 듯 무심하게 흘러가는 거예요. 그렇게 본다면 이 개구리, 맹꽁이 소리가 정말 잔인하게 들리지 않나요?

이태준 소설에는 '달'이나 '달밤'이 자주 등장합니다. 이태준뿐만 아니라 한국의 많은 작가들이 짙은 서정성을 만들어 내기 위해 달을 자주 활용했지요. 대표적인 경우가 이효석의 「메밀꽃 필 무렵」이에요. 외모에 자신이 없던 허생원에게 아름다운 아가씨와의 하룻밤 로맨스가 생겼던 것도 달밤의 매력 덕분이었을 테니까요. 앞 장에서 살펴본 「달밤」에서도 이태준은 비단을 깔아 놓은 것과 같은 아름다운 달밤의 이미지를 잘 활용했지요. 그런데 달밤을 배경으로 활용한다는 점은 똑같지만, 「밤길」은 「달밤」과 전혀 다른 효과를 만들어 내요. 즉 여기서의 밤은 황 서방이 갓난아이를 향해 "이거, 왜 얼른 뒈지지 않아!"라고 외칠 만큼 비정하고 잔인한 현실을 강조할 뿐이죠.

이 장에서 살펴본 「달밤」, 「색시」, 「손거부」, 「꽃나무는 심어 놓고」, 「봄」, 「밤길」의 인물들은 모두 불쌍한 사람들이에요. 경제적인 어려움을 겪거나 사회적 냉대를 받고 있을 뿐만 아니라, 아내나 자식처럼 사랑하는 가족을 잃어버린 사람들이지요. 즉 '사회적 약자', 또는 '소외자'라고 할 수 있어요. 이태준은 돈 많고 지위가 높은 사람보다는 가난하고 소외된 사람들을 소설의 주인공으로 등장시키곤 했습니다. 그러므로 이태준의 관심이 사회적 약자에게 있었다고 말할 수 있는 거지요. 그런데 여기서 한 가지 더 생각해 볼 점이 있습니다. 이태준 소설에 나오는 이 사회적 약자들을 불행으로 몰아넣은 게 무엇일까 생각해 보자는 거예요. 왜 황수건은 동네 아이들의 놀림을 받아야 했을까요? 아내에게 배신당하고 아들을 잃은 황 서방의 불행은 어디서 비롯된 것일까요?

　못난이가 등장하는 소설과 성실한 가장이 등장하는 소설의 경우가 약간 다르다고 답할 수 있습니다. 황수건, 손거부, 색시, 박 씨, 황 서방 등의 처지는 비슷해요. 도시 빈민이고 그래서 무시당하는 인생이죠. 그러나 황수건과 같은 못난이들의 불행은 개인적인 결함에서 비롯되었다고 할 수 있어요. 황수건은 한눈에 보아도 지능이 부족한 걸 알 수 있는 반편이고, 손거부나 색시는 약간 모자란 데다가 자기 처지를 생각하지 않은 채 욕심을 부리지요. 이들을 무시하는 사회도 문제지만, 그들에게 모자란 면이 있는 것도 사실이에요.

　하지만 박이나 황 서방의 경우는 다릅니다. 즉 이들이 게으르거나 지능이 모자라서 불행해진 게 아니라는 거죠. 이들은 돈을 벌려고 열심히 일했는데도 도시 빈민으로 전락한 사람들이에요. 아무리 발버둥 쳐 봤자 가난이 이들을 집어삼키고 있는 것입니다. 어떤 희망이나 미래가 보이지는 않는 것은 물론이고요. 그렇다면 이들이 겪는 불행은 과연 누구 탓일까요? 모자라서도 아니고, 불성실해서도 아니고, 노름이나 술에 미쳐 있는 것도 아닌데 이들이 계속 가난에서 벗어날 수 없다면, 원인은 하나밖에 없지요. 바로 사회에 구조적인 모순이 있다는 것입니다.

　이제 카프 진영에서 이태준을 못마땅해했던 이유, 「밤길」과 같은 소설을 수작이라고 호평한 이유가 이해되지 않나요? 문학의 사명이 사회의 구조적인 모순을 파헤치고 고발하는 데 있다는 입장에 의하면, 평범한 사람들이 불행으로 빠져드는 사회의 모순을 리얼하게 그려 주어야 좋은 문학작품인 것입니다.

지금까지 우리는 1930년대 식민지 조선의 실상을 사실적으로 그린 이태준의 소설을 살펴봤습니다. 프랑스의 소설가 스탕달은 "소설은 사회와 시대의 거울이다."라는 말을 했어요. 자기 감정을 표현하는 시문학과 달리, 소설 작품은 크든 작든 사회와 시대의 모습을 반영하게 되지요. 이태준 문학을 순수문학이라고 비판했던 사람들은 그의 문학이 사회와 역사에 대해 무관심하다고 지적했습니다. 자기 신변적인 이야기를 담고 있는 자전소설을 쓰는 이태준이 못마땅했던 거죠. 하지만 이태준이 식민지를 살아가는 고단한 민중들을 주인공으로 즐겨 등장시켰다는 점에 주목할 필요가 있어요. 뿐만 아니라 「봄」, 「꽃나무는 심어 놓고」, 「밤길」에서 확인한 것처럼 평범하고 성실하게 살아가던 사람들이 비참하게 몰락하는 모습을 리얼하게 그려 냄으로써 이 사회가 근본적으로 잘못되었다는 것을 매섭게 비판하고 있다는 것 역시 기억할 필요가 있습니다.

식민지 조선의 실상을 리얼하게 그리다

괴상하게도
운수가 좋더니만
| 일제강점기 하층민의 비참한 삶 |

이태준이 살던 시대엔 추수가 끝난 가을에도 하루 한 끼 먹는 사람이
열 명 중에 서너 명이나 되었습니다. 사람들의 가난과 굶주림은 일제
의 지배가 계속될수록 심해졌지요. 당시를 배경으로 한 소설 속 주인
공들을 불러 모아 이야기를 들어 볼까요?

현진건 소설 「운수 좋은 날」의 김 첨지

저는 서울 동소문 안에
서 인력거꾼 노릇을 하는 김
첨지입니다. 벌써 아내가 기
침으로 쿨룩거리기 시작한 지
달포가 넘었는데 약 한 포를
못 써 봤어요. 굶기를 밥 먹다
시피 하다 열흘 전에 오래간만
에 돈을 얻어 좁쌀 한 되를 사
다 주었더니 이 오라질 년이

마음이 급해 채 익지도 않은 것을 손으로 움켜 두 뺨에 주먹덩이 같은 혹이 불거지도록 처박질하고는 그날 저녁부터 앓아누웠지요. 집이라고 해야 행랑방 한 칸을 빌어 주인집에 물을 길어다 대고 한 달에 일 원씩 내는데 젖먹이 어린애가 있는 집에 떨어진 삿자리 밑에 먼지며 가지각색 때가 켜켜이 앉아 더럽고 냄새가 그득합니다. 비가 와도 쉬지 못하고 쫄딱 젖은 채로 다리를 후들거리며 인력거를 끌지만 어쩌다 운수가 좋아 손님이 많으면 괜히 불안할 정도로 돈 버는 일이 힘드니…….

전영택 소설 「화수분」의 화수분

저는 날이 밝기도 전에 지게를 지고 나가 밤이 어두워서야 들어오지만 하루 두 끼니 먹기도 힘들었어요. 아내는 퍽 순한 사람이라 먹을 것이 생기면 두 딸애 먹이고 자기는 늘 굶지요. 일이 없는 날은 네 식구가 이튿날 아침까지 굶었습니다. 살림이라고는 입고 있는 단벌 홑옷과 냄비 하나뿐, 세간도 없고 입을 옷도 없고 덮을 이부자리도 없고 밥 담아 먹을 그릇도 숟가락 한 개도 없어 주인집에서 빌어 썼어요. 이러다 다 같이 굶어 죽을까 봐 큰애를 강화 사람에게 주었는데 후회가 되어 다시 찾아가 봤지만 이미 멀리 떠난 뒤였지요. 그렇게 먹고 싶어 하는 사탕 한 알 못 사 주었는데……. 그리고 제가 다리를 다친 형님 일을 도우러 시골에 왔다 병이 나고 말았는데 아내는 몹시

◇◇◇◇◇◇ 괴상하게도 운수가 좋더니만

추운 날 어린 것을 업고 저를 찾아 나섰다고 합니다. 이 추운데 어디서
얼어 죽기라도 하면 어쩌려고……

김동인 소설 「감자」의 복녀

저는 원래 가난은 하나마 정직한 농가에서 규칙 있게 자라난 처
녀였지요. 하지만 집안이 너무 가난해 부모님께서 아직 열다섯 살인 저
를 그만 동리 홀아비에게 팔십 원에 팔아 버렸습니다. 하지만 영감이
늙고 게을러서 도저히 먹고살 수가 없었습니다. 처음 이삼 년은 그럭

저럭 살았지만 곧 지게 막벌이를 해야 했
지요. 그 일도 벌이가 안 되어 행랑살이를
하며 부지런히 주인집 일을 보았지만 게으
른 남편 때문에 다시 쫓겨나 결국 싸움, 간
통, 살인, 도적, 구걸, 징역 등 이 세상의 모
든 비극의 근원지 칠성문 밖 빈민굴로 들
어오게 되었습니다. 구걸을 하면 젊은 것
이 왜 거랑질을 하느냐고 손가락질하고, 일
은 없고. 한번은 기자묘 솔밭에 송충이가
끓어 송충이 잡는 인부를 모집하길래 소나
무에 사다리를 놓고 열심히 송충이를 잡았
지요. 그런데 감독이 돈을 더 줄 테니 자기
와 재미나게 놀자고 유혹하네요. 가만 보니 송충이도 안 잡고 지절거리
며 웃고 날뛰는데도 돈을 훨씬 더 많이 받아가는 여자들이 있고요. 나
쁜 일인 것은 알지만 입에 풀칠하기도 힘드니 유혹을 거절하기가 힘드
네요……

최서해 소설 「홍염」의 민 서방

저는 원래 경기도의 소작농이었지요. 소작인 생활 십 년에 쌀겨 죽만 겨우 먹다가 그것도 못 먹게 되어 얼마 안 되는 살림살이를 이고 지고 딸 하나 앞세워 백두산 서북쪽 서간도로 찾아들었지만 여기서도 우리를 맞이한 건 지팡살이, 즉 소작농이었습니다. 더구나 지주는 되놈 오랑캐인 중국 사람이었고요. 흉년이 들어 소작료를 갚지 못하고 곡식을 꾸어 먹었더니 중국인 지주 인가가 하루가 멀다 하고 찾아와 뺨을 때리고 발길질을 하고 매질을 합니다. 그 인가 놈이 열일곱 살 우리 딸 용녀에게 눈독을 들여 빚을 갚지 못하면 용녀를 내놓으라고 행패를 부리더니 기어이 용녀를 강제로 끌고 가 버렸습니다. 굶어 죽었으면 죽었지 차마 할 수 없는 일, 중국인에게 딸 팔아먹는 애비가 되어 매일 피눈물을 흘리고 아내는 병석에 드러누워 버렸습니다. 쪼들려도 나서 자란 내 고향에서 쪼들리던 옛날이 그립기만 합니다. ⊙

◇◇◇◇◇◇◇ 괴상하게도 운수가 좋더니만

5

서리를 밟거든
그 뒤에
얼음이 올 것을
각오하라

{ 현실과 이상 사이의 갈등, 전근대와 근대의 소용돌이 속에서 }

돈이냐 예술이냐, 이것이 문제로다!

이태준은 1935년 조선중앙일보사를 사직하기 전까지, 한 가정의 가장이자 신문사의 학예부장으로 착실하게 살아 왔습니다. 아버지와 남편, 그리고 생활인으로서 성실하게 사는 즐거움이 있었겠지만, 이태준에게는 늘 갈증이 있었어요. 바로 마음껏 창작을 하지 못한다는 것이었죠. 물론 신문사에 재직하던 이 시기에 이태준은 아주 많은 소설을 발표했습니다. 그러니까 창작에 대한 갈증이 있었다는 말보다는 '좋은 소설을 쓰고 싶은 욕심'을 갖고 있었다는 게 옳은 표현일 거예요. 네, 신문에 연재하는 장편소설처럼 대중적이고 통속적인 소설이 아니라, 예술성을 갖춘 '진짜 작품'을 쓰고 싶은 거였죠.

쓰면 되지 뭐가 걱정이냐고요? 이태준이 스스로 만족할 만한 작품을 쓰기 위해서는 우선 돈과 시간이 있어야 하는데, 상황이 여의치 않았기 때문입니다. 신문사 학예부장으로 일하랴, 구인회의 좌장으로 모임을 이끌랴, 또 틈틈이 장편소설을 쓰랴 몸이 열 개라도 시간이 없는 거죠. 또 창작을 위한 시간을 마련하려면 매일매일 원고를 써서 넘겨야 하는 신문 연재를 그만두고, 신문사도 그만두는 것이 좋지만 돈 때문에 그럴 수가 없었던 거예요. 이태준은 슬하에 2남 3녀를 두었는데 처자식을 먹여 살리기 위해서라도 연재를 끊을 수가 없었던 것입니다.

게다가 예술성 높은 단편소설을 쓴다고 해서 경제적인 보상이 주어지는 것도 아닙니다. 단편소설 원고료는 신문 연재소설 원고료의 십분의 일도 안 될 정도였으니까요. 그러니 악순환이 계속되는 거죠. 돈이 필요해서 신문 연재를 맡고 연재를 하느라 시간이 없어서 단편을 못 쓰고……

> 나는 아직 작가 생활이 아니었다. 실제적으로 습작을 해 왔다. 취미에 맞는 인물을 붙들어 스케치나 공부하면서 창작 생활을 할 수 있는 시기를 기다려 왔다. 나의 작품에 애수는 있고 사상이 없다는 것은 가장 쉽고 또 정확한 지적들이다. 그러나 이 작가는 이런 범위 내에서만 완성할 수 있다는 것은 속단이다. 나도 더 기다리기만 할 수는 없다. 일 년에 단편 하나를 내더라도 정말 예술가 노릇을 시작해야겠다는 결심을 이번 반 칠십이란 나이를 헤이며 새삼스럽게 먹은 것이다.
>
> — 수필 「참다운 예술가 노릇 이제부터 시작할 결심이다」 중에서

위의 글에서 이태준은 자신이 습작을 하고 있는 것이지 아직 본격적인 '작가 생활'을 하고 있는 것이 아니라고 말합니다. 본인의 소

설을 부정적으로 평가하는 사람들의 견해에 대해서도 겸손하게 인정을 하지요. 비판적인 평론가들은 그의 소설에 대해서 '애수'는 있고 '사상'이 없다고 혹평을 했었거든요. 그러면서 이태준은 이제야 진짜 '예술가 노릇'을 하겠다는 거예요. 또 한 잡지사와의 인터뷰에서는 이태준이 신문사 사직과 관련해서 이런 이야기를 털어놓기도 했습니다. 신문사 학예부장으로 있으면서 장편을 둘이나 발표했는데 소설이 의도대로 되지 않았고, 제대로 소설을 쓰기 위해서 신문사를 그만두었다고요.

하지만 이상과 박태원의 글을 〈조선중앙일보〉에 실어 주면서 신문사와 계속 갈등이 있었다는 지적도 있습니다. 이상의 「오감도」를 연재할 때 양복 주머니에 항상 사표를 가지고 다녔다는 이야기를 했죠? 1935년에는 박태원의 「청춘송」이 연재되었다가 몇 달 만에 중단됩니다. 신문사에서는 독자들이 재미없다는 투서를 보낸다는 이유로 작가에게 작품의 분위기를 바꿀 것을 종용해요. 재미있는 소설은 연애담을 말하는데, 박태원은 그런 소설을 쓸 수 없다며 연재를 그만두지요.

이태준을 비롯한 구인회 회원들에게 제일 중요한 것은 예술성이었습니다. 하지만 상업적인 신문사의 관심은 어떻게 하면 신문을 더 많이 팔 수 있을까 하는 것이고, 이를 위해서라면 소설이 통속적이고 자극적이어야 한다고 주문하는 거죠. 신문사를 직장으로 둔 이태준으로서는 이래저래 괴로운 상황이었을 것입니다. 현실과 이상 사이에서의 갈등이라고 할까요? 여기서 현실이란 가정의 가장,

신문사 직원으로서의 책임감을 말하는 것이고, 이상이란 예술가로서의 꿈이라고 할 수 있습니다. 이태준은 예술가와 가장 사이에서 갈등을 겪다가 결국 1935년 몸담고 있던 신문사를 그만두었다고 볼 수 있어요. 물론 정치적 상황의 악화도 이태준이 사직하지 않을 수 없도록 압박을 해 왔지만요.

「장마」와 「토끼 이야기」는 자전적인 경향이 강한 소설인데, 신문사 사직 이후 이태준에게 어떤 일들이 펼쳐졌는지 이 작품들을 통해 확인할 수 있습니다. 이태준은 직장을 그만두면 금방이라도 좋은 작품을 술술 쓸 줄 알았던 것 같아요. 하지만 창작은 생각만큼 진행되지 않고 아내와의 다툼만 잦아지게 되지요. 「장마」는 주인공이 아내와 말다툼을 하고 하루 종일 신문사와 다방으로 쏘다니며 이런저런 상념에 빠지는 이야기입니다. 문학작품을 많이 읽어 본 친구들은 비슷한 소설을 알고 있을 거예요. 네, 바로 이태준의 기획 아래 〈조선중앙일보〉에 연재되었던 박태원의 「소설가 구보 씨의 일일」과 비슷하지요. 소설가 구보 역시 어머니의 걱정을 뒤로 하고 하루 종일 경성을 쏘다니거든요. 이태준이 박태원의 소설을 염두에 두고 쓴 것이 맞답니다. 절친끼리 자연스럽게 주고받은 영향이라고 할까요?

자전소설로 분류될 수 있는 이 소설에는 주인공 '나'를 이태준과 동일 인물로 보게 하는 표지들이 여럿 등장합니다. '소명'이라는 큰 딸 이름이 그대로 등장하고, 예전 직장이 〈조선중앙일보〉라는 것도 똑같아요. 친구인 이상, 구보(박태원), 빙허(현진건), 여수(박팔양), 수주(변영로), 노산(이은상) 등 문인 친구들의 이름과 호, 음악을 전공한 아내, 『달밤』이라는 소설책 제목 등이 자연스럽게 이태준을 연상하게 하죠. 그런데 「장마」의 주인공은 지금 기분이 별로 좋지 않아요. 고온다습한 여름 장마 날씨처럼 그의 기분은 불쾌하답니다. 딸 소명이 일로 아내와 한바탕 싸움을 하고 나왔기 때문입니다. 아내는 딸아이가 장마에 옷을 자꾸 버려 놓는다고 잔소리를 하고 주인공은 아이 편을 들어 주죠. 그러자 아내가 주인공의 경제적 무능력을 콕 찍어서 지적한 거예요.

> 또 그러게 아이들이 하루에 옷을 몇 벌을 말아 놓던지 달리지 않게 왜 옷을 여러 벌 사다 놓지 못하느냐? 또 젖은 옷도 썩을 새 없이 말릴 만한 그런 설비 완전한 집을 왜 지어 놓지 못하느냐? 그러고도 큰소리만 탕탕 하고 앉았는 건 남편이나 애비된 자로서 무슨 몰상식, 무책임한 짓이냐고 우리 집 경제적 설비의 불완전한 점은 모조리 외고 있었던 것처럼 지적해 가면서 특히 '왜 못 하느냐'에 강한 악센트를 내 가며 나의 무능을 힐책하는 것이었다.
>
> ─소설 「장마」 중에서

실직한 남편에게 하는 아내의 말은 하나도 틀린 게 없습니다. 아이들에게 왜 옷을 여러 벌 사 주지 못하느냐, 옷을 금방 말릴 수 있는 좋은 설비가 갖춰진 집을 왜 못 사 주느냐, 돈도 못 벌면서 왜 큰소리냐…… 정말 얄밉도록 정확한 지적들이죠. 구구절절 옳은 말을 늘어놓는 아내의 요구가 무얼까요? 어서 돈을 벌어 오라는 거겠죠. 예술을 한답시고 술 마시며 돌아다니지 말고 직장을 얻어서 옷 살 돈, 집 살 돈을 벌어 오라는 거예요. 신문사를 사직하면 예술을 하게 될 줄 알았는데, 그건 달콤한 꿈이었을 뿐인 거죠. 옳은 소리를 늘어놓는 아내는 현실을 상징한다고 볼 수 있습니다. 그런데 이 현실에 굴복하면 주인공은 신문사에 다니던 그 상태로 다시 돌아가게 되죠. 돈을 벌기 위해 일 년에 한 편꼴로 연애를 다루는 신문 연재를 써야 하는 그 상황 말이에요.

하루 종일 쏘다니던 주인공은 서점에서 중학교 동창을 한 명 만나게 됩니다. 서점에 갔는데 번지르르한 레인코트를 입은 남자가 알은체를 하는 거예요. 얼굴은 가물가물하고 성만 생각나는 그런 친구인데, 자꾸만 저녁을 사겠다고 해서 함께 식당에 가요. 모자와 코트, 양복 모두 비싼 것처럼 보이는데, 양복저고리 옷깃을 보니 일장기 배지가 척 꽂혀 있어요. 일장기 배지를 옷깃에 꽂고 자꾸 일본어를 섞어서 말을 하는 걸 보면 이 친구가 어떤 사람인지 짐작이 가지요? 온 정신이 돈과 여자에 쏠려 있는 속물 덩어리인 것입니다.

　"그간 자네 가쓰야꾸부리*는 신문 잡지에서 늘 봤지."
　하였고, 다음에는,
　"그래 돈 좀 잡았나?"

가쓰야꾸부리　활약상

하는 것이다.

"돈?"

하고 나는 여러 가지 의미의 고소*를 그에게 주었다. 그리고,

"자넨 좀 붙들었나?"

물었더니,

"글쎄, 낚시는 몇 개 당겨 놨네만⋯⋯."

하고 맥주를 자꾸 먹으라고 권하더니 자기도 한 잔 들이키고 나서는

"자네도 알겠지만 세상일이 다 낚시질이데그려. 알아듣겠나? 미끼가 든단 말일세, 허허⋯⋯."

하고 선웃음*을 치는 것이 여간 교젯속에 닿지 않았다.

(⋯중략⋯)

"자네 여학교에 관계한다데그려?"

"좀 허지."

"나 장개 좀 들여 주게."

하고 또 선웃음을 친다.

몹시 불쾌하다. 점심만 시키지 않았으면 곧 일어나고 싶다.

"이 사람, 친구 호사 한번 시키게나그려? 농담이 아니라 진담 일세. 나 지금 독신일세."

고소 쓴웃음
선웃음 우습지도 않은데 꾸며 웃는 웃음

나는 그에게 아직 미혼이냐 이혼이냐 상배[*]를 당했느냐 아무
것도 묻지 않고 친구라는 말에만 정신이 뻑쩍 났다. 그는 역시
친구라는 말을 태연히 쓴다.

"친구 간에 오래 격조[*]했다 만났는데 어서 들게."

하고 맥주를 권하였고,

"친구 간 아니면 갑자기 만나 이런 말 하겠나."

하고 트림을 한다.

– 소설 「장마」 중에서

여러분이 중학교 동창을 한 10년, 20년 만에 만나면 느낌이 어떨
거 같나요? 예전에는 순진무구했던 친구였는데 아주 오랜만에 만
나서는 그 사이 돈은 많이 벌었느냐, 예쁜 여자 좀 소개해 달라고 하
면 좀 당황스럽지 않을까요? 게다가 잘나가는 것처럼 보이는 중학
동창을 마주한 이태준의 처지가 편해 보이지 않지요. 자신은 예술
을 위해 직장도 그만둔 판인데 속물이 다 된 동창은 호의호식하는
것처럼 보이고……. 진정한 예술을 하겠다고 신문사를 때려치운 자
신이 한심스럽게 느껴질 수도 있고요.

조금만 젊었을 때 이런 친구를 만났다면, 혈기 왕성한 이태준이
맥주병을 깨며 난동을 피웠을지도 모릅니다. 앞에서 살펴본 「고향」

상배 아내의 죽음을 높게 이르는 말
격조 오랫동안 서로 소식을 전하지 못함

의 김윤건이라는 인물 기억나지요? 은행에 취직했다고 자랑하는 청년을 맥주병으로 때리려 하잖아요. 하지만 「장마」의 주인공은 이만한 일로 맥주병을 거꾸로 잡지는 않아요. "난 아내에게 어려운 살림을 시키는 남편이다!"라는 반성을 하며, 아내가 좋아하는 돼지 족발을 사 가지고 성북동 집으로 향하지요. 돼지 족발을 들고 귀가하는 이태준의 따뜻한 성품이 느껴지지 않나요? 그리고 그를 누르고 있는 생활의 무게가 만만치 않다는 것도 짐작할 수 있을 것입니다.

피 묻은 아내의 손

1941년 발표된 「토끼 이야기」에는 이태준과 그 가족이 겪는 고충이 보다 구체적으로 표현되어 있습니다. 「토끼 이야기」의 주인공도 직장을 그만둔 전업 작가예요.

현은 일 년에 하나씩은 신문소설을 썼다. 현의 야심인즉 신문소설에 있지 않았다. 단편 하나라도 자기 예술욕을 채울 수 있는 창작에 자기를 기르며 자기를 소모시키고 싶었다. 나아가서는, 아직 지름길에서 방황하는 이곳 신학문을 위해 그 대도(大道)로 들어설 바 교량*이 될 만한 대작이 그의 은근한 본원이기도 했다. 인물의 좋은 이름 하나가 생각나도 적어 두어 아끼었고, 영화에

교량 다리

서 성격 좋은 배우 하나를 보아도 그의 사진을 찢어 모아 두었다.

그러나 머릿속에서 구상만으로 해를 묵을 뿐, 결국 붓을 들기는 몰아치는 대로 몰아쳐질 수는 있는 신문소설뿐이었다.

현의 신문소설이 시작되면 독자보다는 현의 아내가 즐거웠다.

외상값 밀린 것이 풀리고 단행본으로 나와 중판(重版)이나 되면 뜻하지 않은 목돈에 가끔 집안이 윤택해지기 때문이다.

— 소설 「토끼 이야기」 중에서

이태준이 겪고 있는 갈등과 똑같다는 걸 알 수 있지요? 문학성과 예술성을 갖춘 좋은 단편을 하나 쓰고 싶지만, 생활에 떠밀려 신문 연재만 하고 있는 그의 불만, 즐거워하는 아내의 얼굴, 윤택해지는 집안 형편에 차마 눈감지 못하는 가장으로서의 고민 말이에요.

「토끼 이야기」의 상황에 비한다면, 「장마」에 나온 아내와의 실랑이는 사소한 것에 지나지 않아요. 「장마」가 1936년 작이고 「토끼 이야기」는 1941년 작인데 한 5년 사이에 이태준을 둘러싼 상황이 몹시 악화되었기 때문입니다. 「장마」에서 주인공이 실직한 것은 좋은 문학작품을 쓰고 싶다는 욕망에서 비롯된 것이었지만, 「토끼 이야기」의 주인공 현은 소설을 발표하고 싶어도 발표할 지면을 찾지 못하는 상황이거든요.

1940년에 〈동아일보〉, 〈조선일보〉가 폐간되는 사건이 발생합니다. 작가이자 언론인인 주인공 현에게 신문과 잡지의 폐간만큼 치명적인 상황도 없겠죠. 그가 할 수 있는 일이라고는 속이 상해 술을 마시는 것뿐입니다. 생활의 상징인 아내의 비판도 더 강해진 것은 물론이고요. 주인공 현이 사흘 연속 술을 마시고 들어오자 넷째 아이를 임신해 만삭인 아내가 정색을 하고 따지지요.

> "술 먹구 잊어버릴 정도의 거면 애당초에······. 우리 여자들 눈엔 조선 남자들 그런 꼴처럼 메스껍구 불안스런 건 없습니다. 술루 심평[■]이 피우? 또 작게 봐 제 가정으루두 어디 당신들 사내 한 뿐유? 처자식 수두룩허니 두구, 직업두 인전 없구, 신문소설 쓸 데두 인전 없구······. 왜 정신 바짝 채리지 않구 그류?"

–소설 「토끼 이야기」 중에서

막내딸이 태어난 게 1940년이니까 이 소설 속 상황은 이태준의 실제 상황이기도 합니다. 다섯째 아이가 태어날 판국인데, 신문사는 모두 폐간되어 글을 발표할 곳조차 없는 거예요. 아내가 정색하는 것도 무리가 아니죠. 처자식 수두룩하니 두고, 직업도 없으면서 왜 정신을 못 차리고 있느냐는 아내의 매섭고 따끔한 질책에 주인공 '현'도 생활 수단을 궁리하게 됩니다. 그가 마련한 수단이란, 제목에서 나타나듯이 바로 토끼를 기르는 일이었어요. 일제는 실제로 1930년대에 토끼 기르기를 적극적으로 장려하고 홍보하고 있었습니다. 현도 퇴직금을 몽땅 투자해서 토끼 치는 일에 뛰어든 거지요.

심평 마음의 평온함

사업을 시작하며 주인공은 이런 달콤한 꿈을 꾸었을 거예요. '신문소설을 쓸 때에는 너무 바빠서 본격소설을 쓰지 못했다, 토끼는 새끼를 잘 낳으니 금방 불어날 거야. 토끼를 기르는 일은 수월하다고 하니 남는 시간에 책도 많이 읽고 좋은 소설도 써야지.' 하고 나름 야무진 계획을 세웠겠지요. 하지만 꿈은 그렇게 쉽게 이루어지지 않았습니다. 토끼를 기르지만 쉴 틈이 전혀 나지 않는 거예요. 먹이를 주고 돌아서면 금세 다음 먹이 줄 시간이 다가오고, 토끼장 청소도 해야 하고, 그렇게 토끼를 돌보다 보면 어느새 하루 해가 저무는 것입니다.

현의 노력으로 토끼는 빠르게 번식해 가지만, 이번에는 먹이에 문제가 생깁니다. 토끼 먹이로 쓰던 비지와 사룟값이 턱없이 치솟은 거예요. 약삭빠른 사람들은 이런 변동을 알아채고 토끼를 팔았는데, 세상 물정을 모르는 현 씨 부부가 최악의 상황에서 토끼 사육에 뛰어든 것입니다. 그러니 퇴직금을 털어 넣어 시작한 토끼 사육은 대실패로 끝나게 됩니다. 토끼 사육으로 돈을 벌 수 없게 된 판국에 토끼의 번식은 축복이 아니라 저주가 되고 말아요. 스무 마리가 순식간에 사십 마리로 불어나지만, 먹일 게 없었으니까요.

살아 있는 토끼를 굶겨 죽일 수가 없어서 주인공은 아들과 함께 토끼가 먹을 클로버를 뜯으러 갑니다. 고개 너머 M여전으로 가서 토끼풀을 뜯고 있는데 얄궂게도 그 학교는 아내가 졸업한 학교예요. 말없이 풀을 뜯던 아들이 주인공에게 넌지시 질문을 해 옵니다.

"아버지?"

"왜?"

아들애는 아직 우두머니 서서 언덕 위에 장엄하게 솟은 교사와 여학생들이 자전거 타는 것만 바라보고 있었다.

"우리 엄마두 여기 학교 나왔지?"

"그럼……. 어서 이 시퍼런 풀이나 뜯어……."

이 아버지와 아들의 짧은 대화를 학생 두엇이 알아들은 듯,

"얘, 너의 엄마가 누군데?"

하며 가까이 온다. 현의 아들애는 코만 훌쩍하고 돌아선다. 현은 힐긋 아들을 쳐다본다. 그 쳐다보는 눈이, 가끔 집에서 '떠들면 안 돼.' 하던 때 같다. 아들애는 잠자코 제 다래끼*를 집어다 클로버를 뜯기 시작한다.

"이거 뜯어다 뭘 허니?"

"토끼 멕여요."

"토끼! 네 집서 토끼 치니?"

"네."

학생들은 저희도 뜯어서 현의 아들 다래끼에 담아 준다.

"너희들 뭣 허니?"

현의 등 뒤에서 다른 학생들 한 떼가 몰려온다. 현은 자기끼리 아울러 '너희들'로 불리는 것같이 화끈해진다.

다래끼 아가리가 좁고 바닥이 넓은 바구니

현실과 이상 사이의 갈등, 전근대와 근대의 소용돌이 속에서

"우린 요쓰바* 찾는다누."

딴은 그들은 토끼밥을 뜯어 주기 위해서가 아니라 저희들 '행복'을 찾기 위해서였다.

"나두, 나두……."

그들은 모이를 본 새 떼처럼 클로버에 몰려 앉는다. 현은 수긋하고* 다른 쪽을 향해 뜯어 나가며, 자기의 아내도 한때는 브라우닝*의 시집을 끼고 이 운동장 언저리를 거닐다가 저렇게 목마르듯 '행복의 요쓰바'를 찾아보았으려니, 그 '행복의 요쓰바'와 함께 푸른 하늘가에 떠오르던 그의 '영웅'은 오늘 이 마당에 농립*을 쓰고 앉아 토끼밥을 뜯는 사나이는 결코 아니었으려니, 이런 생각에 혼자 쓴침을 삼켜보는데 무엇이 궁둥이를 툭 때린다.

— 소설 「토끼 이야기」 중에서

아내가 졸업한 대학교 운동장에서 모자를 푹 눌러쓰고 토끼풀을 뜯고 있는 부자를 상상해 보세요. 아들은 생활에 찌든 자기 엄마가 이 학교에 다녔던 생기발랄한 여학생이었다는 사실이 믿어지지 않아 엄마도 이 학교를 나왔느냐고 질문하는 거겠죠. 두 남자를 도와준답시고 토끼풀을 뜯던 여학생들은 어느새 네 잎 클로버를 찾고

요쓰바 네 잎 클로버
수긋하고 고개를 조금 숙이고
브라우닝 19세기 영국의 시인
농립 농사일을 할 때 쓰는 밀짚모자

있습니다. 철없는 여학생들의 모습을 보면서 주인공의 마음속에서는 만감이 교차하지요. 만삭의 몸으로 생활을 돌보는 아내와 이 학생들의 모습이 너무 대조적이니까요. 돈 벌어 오라고, 정신 차리라고 바가지 긁는 아내에게도 이 여학생들처럼 시집을 옆구리에 끼고 행운의 클로버를 찾던 시절이 있었을 것을 생각하니 콧등이 시큰해지는 거죠. 꿈 많던 아가씨를 지금의 아내로 만들어 버린 자기 자신을 생각하니 쓴침이 고일 수밖에 없는 것입니다.

그나마 이렇게라도 먹이를 마련하던 것도 잠시, 서리가 내려서 토끼풀도 뜯을 수 없게 되면서 토끼는 정말 처치 곤란이 되어 버립니다. 이제 방법은 하나죠. 죽여서 토끼 가죽이라도 팔아야 하는데, 소설만 썼던 주인공은 도저히 이 불쌍한 토끼를 죽일 수가 없다는 거예요. 한심한 소설가는 책에서 토끼 죽이는 법을 찾아봅니다. 책에는 목을 졸라 죽이는 법, 심장을 찔러 죽이는 법, 물에 담가 죽이는 법, 동맥을 잘라 죽이는 법 등 여섯 가지나 방법이 나오지만 문제는 마음이 께름칙해서 살생을 할 수 없다는 거예요.

토끼를 죽이지도 못하고 살리지 못하고, 그렇게 시간은 어영부영 흐르죠. 계산해 보니 여간 적자가 아닙니다. 토끼 때문에 사오백 원을 썼고 김장과 땔감을 들이고 나니 퇴직금은 이제 고작 삼사십 원밖에 남지 않았지요. 주인공은 어느 잡지사에서 단편을 하나 써 달랬던 걸 기억해 내고 '이놈의 토끼 이야기나 써 보리라.' 하고 다짐을 합니다. 이렇게 토끼 이야기를 구상하고 있을 때 아내가 주인공을 부릅니다. "물 좀 떠 줘요."라고 하면서요. 아내의 얼굴은 억지로 웃고 있는데, 피투성이의 두 손이 부들부들 떨리고 있습니다. 남편이 미적거리자 만삭의 아내가 식칼로 토끼를 잡아서 가죽을 벗긴 거예요.

주인공은 노발대발하며 "당신더러 누가 지금 이런 짓 허래우?"라고 소리를 지릅니다. 그러자 아내는 안 하면 어떻게 하느냐고 반문하면서, 피투성이의 열 손가락을 쩍 벌리며 남편에게 물을 떠 오라고 부탁하죠. 아내가 요구하는 것이 단지 물만이 아니라는 것을 여러분도 짐작할 수 있겠죠? 돈을 벌어 와야 하지 않느냐는 강한 비난이자 처절한 요구인 것입니다.

아니꺼운 자식, 똥내 나는 자식

「장마」와 「토끼 이야기」는 가장의 실직으로 한 가정이 겪는 어려움을 보여 주지만, 가정이 어려움을 당하는 원인이 가장의 무능력에 있다고 할 수는 없습니다. 주인공이 예술을 하고 싶어 해서 가정 경제가 파탄 나고 가족이 어려움을 겪는 것이라고 단정하기는 어렵다는 거죠. 왜냐하면 주인공처럼 예술을 염원하는 사람이 아니더라도 날이 갈수록 점점 가혹해지는 일제의 탄압 아래 숨죽여 살아야 했던 우리나라 사람들은 누구나가 경제적인 어려움을 겪었을 것이기 때문입니다.

1930년대 후반으로 가면서 조선의 상황은 급속도로 악화됩니다. 일제는 1937년 중일전쟁을 일으키며 파쇼 체제*를 강화합니다.

1938년 조선교육령을 개정해 학교 교육과정에서 조선어 과목을 없애고 조선어학회, 진단학회 등을 해산하지요. 또한 신사참배와 창씨개명을 강요하는 민족말살정책을 쓰고, 젊은이들을 학도병과 정신대로 끌고 갔습니다.

이와 함께 문단의 상황도 암울해지기 시작합니다. 신문사와 잡지사가 하나씩 폐간되었고 작가들은 친일 행위를 강요받지요. 원고를 발표할 곳을 잃게 되니 작가들은 생활고에 시달릴 수밖에 없었고요. 이 시기의 작가들은 일제에 협력하거나 붓을 꺾거나 둘 중 하나를 선택해야 했던 것입니다. 앞서 이태준의 삶은 우리나라의 역사와 그 굴곡을 함께한다고 했지요? 우리나라의 운명이 어두워지던 1930년대 후반부터 해방까지 이태준 역시 극도의 암흑기를 보내게 됩니다. 신문사와 잡지사 폐간으로 활동의 폭도 좁아지고 일제에 협력하라는 강요를 받기도 하지요.

1938년 발표된 「패강랭」은 1930년대 후반의 정황과 이태준의 심경을 짐작하게 하는 소설입니다. 이 소설의 주인공 이름도 '현'입니다. 이 시기 일제는 필수과목이던 조선어를 선택과목으로 바꾸는 교육령을 시행해요. 조선의 국어가 조선어니 조선어가 필수과목이어야 당연한데, 식민 지배라는 상황 아래 일본어가 국어로서 필수가 되고 조선어가 선택과목으로 전락하는 수모를 겪는 거지요.

파쇼 체제 파쇼, 즉 파시즘(fascism)은 제1차 세계대전 후에 나타난 극단적인 전체주의 이념이다. 폭력적인 방법으로 독재 정치를 펼치며, 철저한 군국주의로 무장해 다른 나라에 대한 침략 정책을 주장한다.

조선어가 이렇게 홀대를 당하는 굴욕적인 상황에서 조선어 과목 교사인 박과 조선어로 창작을 하는 소설가 현은 더 비참한 마음을 가질 수밖에 없겠죠? 동병상련의 처지인 셈인데, 박이 현에게 편지를 보내요. 자신이 시간강사로 전락하게 된 사연을 쓰고 평양에 한번 놀러 오라고 한 거죠. 현은 "아직은 찌싯찌싯 붙어 있네."라는 박의 사연을 읽고 손이라도 한번 잡고 위로할 마음으로 평양행을 결심합니다. 박의 편지에 마음이 움직였던 것은 소설가인 현의 운명역시 비슷해서였을 거예요.

참담한 마음으로 십 년 만에 평양에 방문한 까닭인지 현은 평양의 변화한 모습이 도무지 마음에 들지 않습니다. 현에게 평양은 "이조(李朝)의 문물다운 우직한 순정", "유구한 맛"으로 기억되던 곳이었거든요. 특히, 평양 여인네들이 쓰고 다니던 '하얀 머릿수건'이 아름답다고 생각했는데, 이런 것들이 죄다 자취를 감춘 거죠. 시내에는 못 보던 새 건물이 즐비한 가운데 무엇보다도 못마땅했던 것은 시뻘건 벽돌로 지어진 경찰서였어요. 현이 애정을 갖고 있던 여인네들의 하얀 수건은 경제적인 이유로 없어진 것이었는데, 이것 때문에 현은 술자리에서 옛 친구인 김과 싸움까지 하게 돼요. 부회의원인 김이 흰 머릿수건을 그리워하는 현의 말에 반대했기 때문입니다. 김은 머릿수건과 댕기가 낭비일 뿐이라며 금지령에 찬성하지요. 그러자 현은 남자들의 술값, 담뱃값과 비교하면 그건 돈도 아무것도 아니라며, 문화의 가치를 모르는 소리라고 한탄합니다.

골동품을 사랑하는 고완 취미에서 엿볼 수 있듯, 이태준은 실제로 우리나라의 고유한 문화를 중요하게 생각했습니다. 옛날 문물을 숭상하고 모범으로 삼는 것을 '상고주의'라고 하는데, 이태준은 상고주의자라고 불리기도 하지요. 어떤 사람들은 이태준의 상고주의는 근대화에 대응하지 못하는 구태의연한 태도라고 비판하기도 합니다. 하지만 이태준의 상고주의는 무턱대고 근대 이전의 조선으로 돌아가자는 논리와는 다르다는 점을 기억할 필요가 있다고 했지요? 이태준은 근대와 전통을 조화시키는 상고주의를 지향했거든요. 또한 일제가 주도하는 근대화에 저항하기 위해 상고주의를 이야기했다는 점도 중요하죠. 일제가 지향하는 근대화의 부정적인 측면을 비판적으로 바라보고, 우리 문화의 가치와 중요성을 강조했다는 걸 놓치지 말아야 해요.

소설 속 현이 일제에 붙어사는 김과 다투는 이유도 여기에 있습니다. 일본에 협력해서 호의호식하는 친구 김의 입장에서는 물론 현이나 박이 이해가 되지 않겠지요. 왜 사서 고생을 하느냐는 거죠. 그래서 김은 충고랍시고 현에게 방향 전환을 권합니다. 일본어로 소설을 써 보라는 거죠.

"아닌 게 아니라……."
하고 김이 또 현에게 잔을 내밀더니,
"현 군도 인젠 방향 전환을 허게."
"방향 전환이라니?"
"거 누구? 뭐래던가 동경 가 글 쓰는 사람 있지?"

"있지."

"그 사람 선견이 있는 사람야!"

하고 김은 감탄한다.

"이 자식아, 잔이나 받아라. 듣기 싫다."

하고 현은 김의 잔을 부리나케 마시고 돌려보낸다.

　　　　　　　　　　　　　　　　　　－ 소설 「패강랭」 중에서

　예술성을 위해서, 협력을 안 하기 위해서 신문사까지 그만둔 현에게 일본어로 소설을 써 보라는 충고는 해도 너무한 거 아닐까요? 결국 동창생들의 술자리는 싸움으로 끝이 납니다. 현이 성질을 참지 못하고 결국 유리컵을 던지고 말았거든요. 네, 동창생에게 주먹질을 하던 「고향」의 김윤건처럼 다시 혈기를 부리게 된 거죠.

　　"아니꺼운 자식…… 너희 따윈 안 읽어두 좋다. 그래 방향 전환

　　을…… 뭐…… 어디가 글 쓰는 놈이 선견이구 어쩌구 하는구나?

　　똥내 나는 자식……."

　　"나니?*"

　　김이 빨근해진다. 김이 빨근해지는 바람에 현도 다시 농담기가

　　걷히고 눈이 뻔쩍 빛난다.

　　"더러운 자식! 나닌 무슨 말라빠진……."

나니 '뭐'라는 뜻의 일본어 감탄사

하더니 현은 술을 깨려고 마시던 사이다 컵을 김에게 사이다째 던져 버린다. 깨어지고 뛰고 하는 것은 유리병만이 아니다. 기생들이 그리로 쏠린다. 보이들도 들어온다.

"이 자식? 되나 안 되나 우린 이래 봬두 예술가다! 예술가 이상이다. 이 자식⋯⋯."

하고 박이 부산한 자리에서 현을 이끌어 낸다. 현은 담배를 하나 집으며 복도로 나왔다.

"이 사람아? 김 군 말쯤 고지식하게 탄할 게 뭔가?"

"후⋯⋯."

"그까짓 무슨 소용이야⋯⋯."

"내가 취했나 보이⋯⋯ 내가 김 군이 미워 그리나⋯⋯? 자넨 들어가 보게⋯⋯."

현은 한참 난간에 의지해 섰다가 슬리퍼를 신은 채 강가로 내려왔다. 강에는 배 하나 지나가지 않는다. 바람은 없으나 등골이 오싹해진다. 강가에 흩어진 나뭇잎들은 서릿발이 끼쳐 은종이처럼 번뜩인다. 번뜩이는 것을 찾아 하나씩 밟아 본다.

"이상견빙지⋯⋯."

『주역』에 있는 말이 생각났다. 서리를 밟거든 그 뒤에 얼음이 올 것을 각오하란 말이다. 현은 술이 확 깬다. 저고리 섶을 여미나 찬 기운은 품속에 사무친다.

－소설「패강랭」중에서

「패강랭」은 주인공 현이 "이상견빙지…… 이상견빙지……."라고 읊조리며 끝납니다. 그런데 현이 읊조리는 '이상견빙지(履霜堅氷至)'라는 말을 두고 해석이 분분하답니다. '이상견빙지'는『주역』에 나오는 말로 서리를 밟거든 머지않아 매서운 겨울이 닥칠 거라는 뜻이에요. 어떤 사람들은 이 부분에서 이태준의 각오를 짐작합니다. 일제의 억압이 가혹해지더라도 이에 굴하지 않겠다는 각오를 읽을 수 있다는 거죠. 하지만 정반대로 일제의 탄압으로 이제 친일의 길을 걷지 않을 수 없게 되었다는 암시라고 해석해야 한다는 사람도 있습니다. 하지만 최근에 이 소설 중간에 나오는 한시가 독립운동가 신채호의 것으로 밝혀지면서 이태준이 어려운 상황에도 소신을 굽히지 않겠다는 다짐을 하는 부분이라는 해석에 무게가 실리게 되었어요.

이 구절을 어떻게 해석하든, 1940년대가 되면 일제의 탄압이 극심해질 거라는 이태준의 예언은 적중합니다. 그의 예언대로, 1940년대가 되면서 조선의 상황은 최악으로 치닫기 시작합니다. 앞서 말한 대로 창씨개명과 신사참배가 강요되고 젊은이들은 전쟁터로 끌려가죠. 일제에 반하는 어떤 정치적, 문화적 행위도 허락되지 않았던 것은 물론입니다.

이러한 일제강점기 말 최악의 상황에서 문인들은 둘 중 하나를 선택할 수밖에 없었어요. 일제에 협력하는 친일의 길을 걷든가, 아니면 붓을 꺾든가. 극심한 탄압 아래 반일(反日) 혹은 항일(抗日)이 국내에서는 더 이상 불가능했기 때문입니다.

일제의 군국주의가 강화되던 이 시기에 이태준은 절필과 낙향을 선택해요. 친일을 하는 것보다는 붓을 꺾고 고향으로 내려가는 게 더 낫다고 판단한 것이었지요. 해방 후에 발표된 「해방 전후」라는 자전소설을 보면, 이태준이 어떤 고초와 갈등을 겪다가 강원도 철원으로 낙향했는지를 알 수 있습니다. 일제 말 이태준의 행적은 「해방 전후」에 나오는 것과 거의 일치한다고 하는데, 이 시기 이태준의 행적을 더듬어 보면 다음과 같아요. 이태준은 일제의 압력으로 친일단체인 황군위문작가단, 조선문인협회에 가입하지 않을 수 없게 됩니다. 또한 일제를 찬양한 『대동아전기』를 조선어로 번역하기도 하지요. 일제의 집요한 추궁으로 인한 것이긴 하지만, 이런 식으로라도 협력하지 않을 수 없었던 거죠.

이태준은 더 이상 협력을 강요당하지 않기 위해 낙향을 결심합니다. 성북동 집을 정리하고 강원도 두메산골로 들어간 거죠. 일제의 탄압을 피해 보자는 생각이었겠지요. 강원도 철원에서 해방을 맞기까지 그는 낚시와 사냥으로 세월을 보내는데, 이때의 심경은 「무연」이나 「사냥」 같은 소설에 잘 나타나 있습니다. 암울한 시대를 살아가는 허무주의적 심정이 짙게 드러나 있는 소설이지요.

이렇게 1930년 말에서 해방을 맞기까지 이태준은 매우 어려운 시기를 보내게 됩니다. 이태준뿐만 아니라 우리나라 사람이라면 모두가 고통과 절망의 시간을 보냈겠지만, 조선어 탄압의 직접적인 영향을 받을 수밖에 없었던 문필가인 그의 고뇌는 상상 이상이었을 것입니다.

노인 시리즈 1 : 영월 영감

하지만 이런 최악의 상황 속에서도 이태준은 소설들을 발표하는데, 중요한 소설로 「복덕방」(1937), 「영월 영감」(1939), 「농군」(1939), 「밤길」(1940), 「돌다리」(1943) 등을 들 수 있습니다. 「농군」과 「밤길」은 리얼리즘을 아주 잘 드러낸 소설로 유명하다고 말했지요? 두 편의 소설을 뺀 나머지 소설에는 한 가지 공통점이 있는데, 바로 '노인'이 등장한다는 거지요. 이태준은 앞에서 이야기했듯 가난하고 외로운 사람들, 사회가 주목하지 않는 주변적인 인물에 주목한 작가로 유명합니다. 그래서 못난이나 고아, 실직자와 같은 주변인들 그리고 노인을 자주 등장시켜요. 잉여와 같은 존재들이지요.

나이가 들어 갈수록 노인은 사회의 중심에서 밀려나는 경향이 있습니다. 효율성과 생산성을 중시하는 사회일수록 노인이 주변화되는 현상은 심각하게 나타나지요. 근대화의 물결이 휩쓸던 일제강점기도 그러한 시기였어요. 이러한 시대 배경에서 노인을 중심인물로 등장시키는 것은 이태준의 상고주의와도 무관하지 않습니다. 전근대적 가치를 옹호하는 노인을 통해 자신의 상고주의적 경향을 나타내는 것이라고 볼 수 있거든요.

「영월 영감」과 「돌다리」에 등장하는 노인이 이러한 대표적인 인물입니다. 올바른 신념과 의지를 가진 이 노인들은 우리가 본받아야 할 대상으로 표현되지요. 하지만 이태준 소설에 등장하는 노인이 반드시 긍정적으로 그려진 것만은 아니에요. 「복덕방」의 안 초시를 보면 옛 문물이나 가치를 따르는 인물이 아니라, 젊은 세대보다 더 세속적이고 속물적인, 부정적인 인물로 그려지지요.

「영월 영감」의 주인공 영월 영감은 영월 군수를 지내기도 한 인물입니다. 세도가 정상이 아닌 때 권세를 잡는 것은 옳지 않다는 신념으로 벼슬길에 오르지 않았던 독특한 사람이지요. 그는 15년 만에 나타나서 이런 시기에 골동품 취미에 빠져 있는 조카 성익을 나무랍니다. 그러고는 거금 천 원을 마련해 오라고 명령해요. 성익은 아저씨의 기세에 눌려 아끼는 골동품을 팔아서 돈을 마련해 드리지요. 그런데 아저씨가 돈을 투자해 왔던 곳이 바로 금광이라는 걸 알게 됩니다. 식민지 시기 우리나라에는 엄청난 금이 매장되어 있었고, 일제가 금을 생산하기 위해 산금정책을 장려해서 금광 개발이 대유행이었다고 해요. 아저씨는 지난 15년간 금광을 찾아다녔던 거예요.

금광에 대한 아저씨의 집착은 일확천금을 향한 무모한 꿈처럼 보이기도 합니다. 하지만 죽음을 앞둔 영월 영감은 이글거리는 눈을 뜨고 근대국가를 이루기 위해서는 금력(金力)이 뒷받침되어야 한다는 논리를 펼쳐요. 즉 금광을 찾아다닌 목적이 투기에 있었던 게 아니라, 민족국가를 세우려는 염원에서 비롯되었다는 것을 암시하는 거죠.

"말꺼정 못 하군 정말 죽은 거 같게⋯⋯. 그런 것들은 다 투기 자들이지. 물욕부터 앞서 제가 실패한 원인을 반성할 여유가 없이 나가구, 또 뻔히 경험으로 봐 안 될 것두 요행만 바라구 나가거든……. 그런 사람들 실패하는 거야 원형이정[■]이지……. 나두 벌써 십여 차례 실패다. 그러나 똑같은 실팬 한 번도 안 했다. 똑같은 실팰 다시 허기 시작하면야 건 무한한 거다. 그러나 금을 캐는 데 있을 실패가 그렇게 무한한 수로 있을 건 아니지. 실패를 잘만 해서 실패된 원인만 밝혀 나간다면야 실패가 많아질수록 성공에 가까워지는 게 아니냐? 난 그걸 믿는다."

"……"

"조선 땅엔 금은 아직 무진장이다. 어느 시대구 어느 나라서구 불변 가치를 갖는 게 금밖에 또 있니? 금 만한 힘이 있니?"

"……"

"금을 금답게 쓰지 못하는 자들이 얼마나 많이 금을 캐내니? 땅이 울 게다! 땅이……."

– 소설 「영월 영감」 중에서

똑같은 실패를 반복하지 않고, 실패하더라도 그 원인을 분석한다면 언젠가는 금을 캘 수 있다고 말했던 영월 영감, 그러나 끝내 금광 개발의 꿈을 이루지 못하고 죽습니다. 광산 사고로 패혈증을 얻어서 죽고 말거든요. 조카 성익은 아저씨를 위로하기 위해 가짜 광물 표본을 손에 쥐여 주고, 아저씨는 그걸 품고 눈을 감지요.

■ 원형이정 사물의 근본이 되는 도리

노인 시리즈 2 : 전통 vs 근대

영월 영감이 이글거리는 눈빛과 패기로 독자에게 깊은 인상을 남겼다면, 「돌다리」의 창섭 부친은 꼿꼿한 심지로 후대에게 모범이 될 만한 인물입니다. 이 소설의 원제는 「석교(石橋)」인데, '석교', 즉 '돌다리'는 바로 창섭 부친의 의지와 지향을 상징하는 물건이겠죠. 이 소설은 흔히 아버지 세대와 아들 세대, 즉 구세대와 신세대의 갈등을 보여 주는 소설이라고 이야기됩니다. 하지만 소설에서 창섭과 창섭 부친은 서로를 깊이 이해하고 존중하고 있답니다. 그래서 갈등이라는 표현은 적절하지 않아요. 이 소설에서 신세대와 구세대의 갈등보다 중요한 점은, 세대 간의 견해 차이를 통해 당시 이태준의 미묘한 심경을 읽을 수 있다는 데 있습니다. 이태준은 근대의 대변자로는 아들 창섭을, 전통의 대표로는 창섭의 아버지를 내세워서 양쪽이 대화를 나누도록 합니다.

근대 측의 대변자인 아들 창섭부터 살펴볼까요? 창섭은 맹장 수술로 아주 유명한 외과 의사입니다. 요즘 같은 세상에서는 맹장 수술이 큰 수술도 아니지만, 예전에는 맹장염으로 죽는 사람도 흔했다고 해요. 창섭의 여동생 역시 복막염에 걸렸다가 변변한 치료를 못 받고 죽었기에, 창섭은 그 죽음이 안타까워서 의사의 길을 선택합니다. 다행히 창섭의 이름이 유명해지면서 병원의 입원실이 부족할 정도로 환자가 많아집니다. 창섭은 개인 병원으로는 제일 설비가 완벽한 병원을 만들겠다고 결심하고 아버지께 의논하러 고향에 온 거예요. 아버지께 고향 땅을 팔자고 제안할 셈인 거죠.

아들은 의사답게 냉정하고 차분하게 설득을 시작하지요. 외아들인 자신이 부모님을 모시는 게 당연한데, 자신이 시골로 오는 것보다 부모님이 서울로 오시는 게 순리다, 병원 확장을 위한 돈이 필요한데 땅을 팔아 투자하면 일 년에 만 원씩은 이익을 뽑을 수 있다, 이렇게 말하는 거예요. 창섭은 부모님의 평안한 노후를 위해서라도 땅을 팔아야 한다고 생각할 정도입니다. 농사를 짓느라고 부모님의 고생이 이만저만이 아닌 게 사실이니까요.

잠자코 듣기만 하던 아버지는 생각을 해 보자며 밖으로 나갑니다. 그리고 한참 만에 돌아와 땅을 못 팔겠다고 대답을 합니다. 창섭의 아버지는 근검과 성실로 일평생 땅을 부쳐 온 사람이에요. 땅을 팔아 병원 확장에 투자를 하면 세 배 이상의 이익을 얻는다고 설득해도 꿈떡하지 않지요. 왜냐하면 창섭 아버지에게 땅은 사고파는 그런 물건이 아니기 때문입니다.

천금이 쏟아진대두 난 땅은 못 팔겠다. 내 아버님께서 손수 이룩허시는 걸 내 눈으로 본 밭이구, 내 할아버지께서 손수 피땀을 흘려 모으신 돈으로 장만허신 논들이야. 돈 있다구 어디 가 느리지 논 같은 게 있구, 독시장 밭 같은 걸 사? 느리지 논둑에 선 느티나문 할아버님께서 심으신 거구, 저 사랑마당에 은행나무는 아버님께서 심으신 거다. 그 나무 밑에를 설 때마다 난 어룬들 동상이나 다름없이 경건한 마음이 솟아 우러러보군 헌다. 땅이란 걸 어떻게 일시 이해를 따져 사구 팔구 허느냐? 땅 없어 봐라 집이 어

됐으며 나라가 어딨는 줄 아니? 땅이란 천지만물의 근거야. 돈 있다구 땅이 뭔지두 모르구 욕심만 내 문서 쪽으로 사 모기만하는 사람들, 돈놀이처럼 변리만 생각허구 제 조상들과 그 땅과 어떤 인연이란 건 도시도무지 생각지 않구 헌신짝 버리듯하는 사람들, 다 내 눈엔 괴이한 사람들루밖에 뵈지 않드라."

"⋯⋯."

"네가 뉘 덕으루 오늘 의사가 됐니? 내 덕인 줄만 아느냐? 내가 땅 없이 뭘루? 밭에 가 절하구 논에 가 절해야 쓴다. 자고로 하눌 하눌 허나 하늘의 덕이 땅이 통허지 않군 사람헌테 미치는 줄 아니? 땅을 파는 건 그게 하늘을 파나 다름없는 거다."

"⋯⋯."

"땅을 밟구 다니니까 땅을 우섭게들 여기지? 땅처럼 응과가 분명헌 게 무어냐? 하눌은 차라리 못 믿을 때두 많다. 그러나 힘들이는 사람에겐 힘들이는 만큼 땅은 반드시 후헌 보답을 주시는 거다. 세상에 흔해 빠진 지주들, 땅은 작인들헌테나 맡겨 버리고, 떡 도회지에 가 앉어 소출은 팔어다 모두 도회지에 낭비해 버리고, 땅 가꾸는 덴 단돈 일 원을 벌벌 떨구, 땅으로 살며 땅에 야박한 놈은 자식으로 치면 후레자식 셈이야⋯⋯."

– 소설 「돌다리」 중에서

땅과 밭에게 절을 해야 한다고 주장하는 창섭의 아버지에게 땅은 '종교' 혹은 '신앙'의 대상과 마찬가지입니다. 땅뿐만 아니라 그 땅에서 자라는 나무나 돌조차도 넋과 얼이 깃들어 있는 대상들이기 때문에 돈을 받고 판다는 것을 상상할 수 없는 것이지요. 창섭 아버지의 사고는 분명 근대적인 사고방식과는 거리가 멀어요. 가령, 여러분이 태어나서부터 계속 살았던 집을 천만 원에 판다고 해 봅시다. 그 집의 쓸모와 가치를 평가한 가격이 천만 원인 것인데, 그 가격에는 그 집에 깃들어 있는 여러분의 추억은 포함되지 않는 거지요. 천만 원이 아니라 그보다 더한 돈을 준다고 해도 여러분의 추억까지 살 수는 없을 테니까요. 그래서 우리는 소중한 물건에 대해 값을 매길 수 없다는 말을 하는 것입니다.

아들 창섭이 땅을 팔자고 요구하는 것은, 창섭에게는 땅이 돈으로 교환될 수 있는 물건이기 때문이에요. 하지만 아버지에게 땅은 할아버지와 아버지에 대한 추억, 그리고 그분들에 대한 존경심이 그대로 깃들어 있는 대상이고, 그래서 아버지는 당연히 그 땅에 가격을 매길 수 없다는 것입니다. 아버지가 공들여서 돌다리를 고치는 이유도 여기에 있어요. 이 돌다리는 창섭의 증조부가 돌아가셨을 때 무덤 앞에 제물을 차려 놓기 위해 만든 상돌을 옮기려고 놓았던 다리에요. 두께가 한 자, 폭이 여섯 자, 길이가 열 자나 되는 자연석으로 만든 다리니까 규모가 엄청난 돌다리지요. 일제가 난간까지 달린 나무다리를 놓은 뒤에 사람들은 돌다리를 잘 이용하지 않았어요. 그런데 창섭 아버지는 사람을 사서 장마에 망가진 돌다리를 애써 고치고 있는 것입니다.

왜 돈을 들이고 시간을 들여서 돌다리를 고치고 있을까요? 근대가 준 편의와 편리를 상징하는 것이 나무다리라면, 근대적 편의로 환산할 수 없는 가치를 상징하는 것이 바로 돌다리인 거죠. 나무다리가 있는데 돌다리를 왜 고치냐고 묻는 말에 창섭의 아버지는 이렇게 말합니다. "아들아, 너는 그 다리에서 고기 잡던 생각이 안 나니? 서울로 공부하러 갈 때 그 다리를 건너던 기억을 잊었니? 그 다리는 증조부의 상돌을 옮겼던 다리다. 네 어머니의 가마가 지났던 다리다."라고요.

「돌다리」 이야기를 살펴보며 여러분은 창섭의 아버지와 이태준의 비슷한 점을 발견했나요? 네, 창섭 부친의 돌다리와 땅에 대한 애착이 이태준의 고완품에 대한 애정과 무척 비슷하지요. 이태준도 물건에 깃들어 있는 정신을 중요시하기 때문에 고완품에 관심과 애정을 쏟았으니까요. 아버지의 유일한 유품인 복숭아 연적을 귀히 여기는 이태준이나 돌다리를 포기할 수 없는 창섭의 아버지나 옛것에 담긴 가치를 소중히 여기는 마음은 마찬가지인 거죠. 「돌다리」에서 창섭의 아버지가 고리타분한 노인으로 그려지지 않고, 자기만의 신념을 가진 인물로 긍정되는 것은 당연한 일입니다. 이 소설에서 이태준과 닮은 인물은 아들 창섭이 아니라 바로 창섭의 아버지이기 때문에, 이태준이 자신의 분신인 창섭의 아버지를 긍정적으로 그리는 것이지요.

다시 말하지만, 이 소설에서 창섭의 아버지는 앞뒤가 꽉 막힌 노인네로 그려지지 않습니다. 근대 의학을 선택한 아들의 견해를 존중하면서도 땅에 대한 자신의 신념을 버리지 않는 존경할 만한 어른으로 표현되죠. 그러니까 이 소설을 읽으며 아들과 아버지 둘 중 누가 옳은가, 그른가에 초점을 맞출 필요는 없습니다. 이태준은 근대주의자인 아들과 전근대주의자인 아버지 둘 다를 존경받을 만한 인물로 그리고 있으니까요.

하지만 작가가 둘 가운데 누구에게 더 호감을 가지고 있느냐고 묻는다면, 아버지라고 대답해야 할 것입니다. 이태준이 아버지의 생각을 전하는 것에 더 마음이 기울어 있다는 것은 이 소설의 구성을 봐도 눈치챌 수 있지요. 소설은 아들의 귀향에서 시작하고 소설 초반 내용의 전부를 차지하는 것도 고향을 방문한 아들의 상념입니다. 그러므로 독자는 아들의 입장에서 땅을 팔아 서울 병원을 확장해야 한다는 생각을 하게 되지요. 소설 중반에서는 아들이 땅을 팔자는 제안을 하고, 아들과 아버지의 대화가 이어집니다. 하지만 대화라기보다는 아버지의 일방적인 훈계에 가까워요. 아들의 대꾸가 이어져야 하는 부분은 말줄임표로 대체되기도 하고요.

창섭은 아버지와 자신의 입장 차이를 확인하고 "아뇨, 아버지가 어떤 어른이신 걸 오늘 제가 더 잘 알았습니다. 우리 아버진 훌륭헌 인물이십니다."라고 말합니다. 그러면서 아버지와 자신의 세계가 격리되는 일종의 '결별의 심사'를 체험했다고 고백하지요. 신세대와 구세대가 함께 갈 수 없다는 사실을 깨닫고 아버지와의 결별을 받아들이는 거예요. 또 아버지가 훌륭한 어른이라고 하는 아들의 말에서 아버지에 대한 섭섭함이 묻어나는 것도 사실이지요. 하지만 아들이 아버지의 뜻을 수용했기 때문에 여기서 신·구세대의 갈등이 첨예하게 드러난다고 보기는 어렵습니다.

창섭의 아버지는 땅을 자식에게 유산으로 물려주지 않겠다고 말해요. 의사인 아들이 아니라 농사를 잘 짓고 땅을 아끼는 동네 사람들한테 헐값에 넘기겠다는 거예요. 만약 여러분의 부모님께서 이런 선언을 한다면 어떨까요? 웬만한 자식이라면 부모님과 대판 싸움을 벌이게 될 거예요. 그런데 이 소설은 이런 상황에서도 좀 억지스럽게 느껴질 만큼 아버지와 아들의 갈등이 거의 드러나지 않아요. 아들은 쉽게 포기하고 서울로 올라가고, 소설 후반부는 아버지의 입장에서 서술이 이루어지지요. 아버지의 시점에서 상념이 이어지기 때문에 독자는 자연스럽게 아버지의 입장에 동조하게 됩니다. 그래요, 이 소설의 구성이 아버지의 입장에 동의하도록 되어 있다는 것입니다. '아들의 시점 – 아들과 아버지의 대화 – 아버지의 시점'으로 이야기가 이어지기 때문에 독자는 처음에는 아들의 생각에 동의하지만, 마지막에는 아버지의 생각에 수긍하게 되는 거지요.

이태준이 아버지의 입장에 더 공감하게끔 글을 쓰긴 했지만 아들의 부탁을 들어 주지 못한 아버지의 심정을 마냥 편하게 그린 것은 아니에요. 아버지는 아들의 뒷모양을 보며 임종에서 유언이나 한 것처럼 외롭고 불안스럽다고 자신의 심사를 고백합니다. 밤에도 제대로 잠을 자지 못하다가 어려서 배운 한시를 다 떠올리게 되죠.

아버지는 종일 개울에서 허덕였으나 저녁에 잠도 달게 오지 않았다. 젊어서 서당에서 읽던 백낙천의 시가 다 생각이 났다. 늙은 제비 한 쌍을 두고 지은 노래였다. 제 뱃속이 고픈 것은 참아 가며 입에 얻어 문 것은 새끼들부터 먹여 길렀으나, 새끼들은 자라서 나래*에 힘을 얻자 어데로인지 저희 좋을 대로 다 날아가 버리어, 야위고 늙은 어버이 제비 한 쌍만 가을바람 소슬한 추녀 끝에 쭈 그리고 앉았는 광경을 묘사하였고, 나중에는, 그 늙은 어버이 제 비들을 가리켜, 새끼들만 원망하지 말고, 너희들이 새끼 적에 역 시 그러했음도 깨달으라는 풍자의 시였다.

– 소설 「돌다리」 중에서

시에 나오는 늙은 제비 이야기는 바로 창섭 아버지의 이야기를 떠올리게 합니다. 자기 배고픈 것도 참아 가며 키워 놓았더니 자기 들 좋을 대로 날아가 버리는 새끼 제비처럼, 아들 창섭도 근대의 흐 름을 따라 자기 세상으로 가 버린 거나 마찬가지니까요. 아비의 뜻 을 온전히 이해하지 못하는 자식이 내심 섭섭하고, 그런 아들과 세 상 때문에 창섭의 아버지가 고독을 느끼고 있다고 이해할 수 있어 요. 그는 근대를 추구하는 신세대를 원망하지 말아야 한다며 스스 로를 달래는 중인 거죠. 날개에 힘을 얻은 새끼 제비가 자기 세상으 로 날아가 버리듯, 새로운 세대는 전통과 역사 따위는 아랑곳하지 않고 근대화를 추진할 것이라고 생각하며 착잡해하는 거예요. 이 착잡함과 고독감은 노인의 감정일 뿐만 아니라 이태준의 심정이기

나래 날개

도 합니다. 근대주의의 물결에 휩쓸려 이태준이 그렇게도 아끼는 우리 것, 옛것은 점점 가치를 잃어버리고 있는 상황이니까요.

근대화를 지지하며 달려가는 아들 세대와 전근대적인 것의 가치를 긍정하고 고수하는 아버지 세대가 타협하기란 쉽지 않은 일입니다. 우리나라 소설 가운데에는 신세대와 구세대, 근대와 전통의 갈등을 다룬 작품이 많아요. 가령 김동리의 「무녀도」에서 전통을 대표하는 어머니(무속)와 근대를 대표하는 아들(기독교) 간의 갈등이 죽음으로 치닫지요. 하지만 이태준은 시대의 변화에 따른 이런 갈등을 극단적인 파국으로 치닫게 하지 않으면서 신세대와 구세대 양쪽을 균형 있게 다루었다는 점에서 독특합니다.

여러분의 입장에서 본다면, 창섭 부친의 땅에 대한 외경심이 고집이나 집착처럼 보일 수도 있을 것입니다. 하지만 당시 독자들은 땅에 대한 창섭 부친의 사랑을 좀 더 쉽게 이해할 수 있었을 거예요. 일제의 지배를 받았던 식민지 시대 사람들에게 땅은 곧 '국가'를 의미했을 테니까요. 이상화의 「빼앗긴 들에도 봄은 오는가」라는 시에서 보듯, '들'이나 '논'이 단순한 토지나 농토가 아닌 거죠. 식민 지배를 받고 있던 당대 사람들에게 땅이 없다는 것은 자연스럽게 '망국'의 현실을 떠올리게 했을 것이고, 그래서 창섭 부친의 땅 사랑에 공감할 수 있었을 것입니다.

노인 시리즈 3 : 아주 쓸쓸한 죽음

하지만 이태준이 「영월 영감」이나 「돌다리」에서처럼 노인을 꼭 멋지게만 그린 것은 아니에요. 1930년대 사회상을 잘 보여 주는 「복덕방」에 나오는 안 초시는 부정적인 노인의 모습으로 등장합니다.

안 초시는 돈이 없는 궁상스러운 모습을 보일 뿐만 아니라, 돈을 최고의 가치로 여기고 돈만 추구하는 배금주의자의 면모를 보이는 인물이에요. 이글거리는 눈에 음성이 쩌렁쩌렁한 영월 영감이 불굴의 의지를 가지고 있는 것과 달리, 또 자신이 지켜야 할 것을 자존심을 걸고 수호하려는 창섭의 아버지와 다르게 안 초시는 그저 일확천금의 꿈에 부풀어 있습니다.

제목에서 알 수 있듯 이 소설은 '복덕방'을 중심으로 펼쳐지고 있어요. 요즘 말로 부동산 중개소죠. 그런데 부동산 중개업이라는 게 근대의 산물이라는 점을 떠올릴 필요가 있습니다. 부모가 물려준 땅을 평생 부쳐 먹고살던 옛날, 평생토록 고향 땅을 떠나지 않고 살던 전근대사회에서는 땅을 사고판다는 개념이 없었어요. 마치 부모님이 물려주신 땅을 어떻게 파냐며 대경실색하는 「돌다리」의 창섭부친처럼요. 그런데 근대화가 시작되면서 땅이나 집을 사고팔 필요가 생겨나게 됩니다. 전통적인 사회와는 비교할 수 없을 정도로 사람들의 행동반경이 넓어지게 됐으니까요. 결혼이나 직장, 교육을 위해 고향을 벗어나 도시나 다른 지방으로 옮겨 가는 일이 다반사가 된 거예요. 그리고 이에 따라 부동산 중개업자인 '거간꾼'이라는 새로운 직업이 탄생합니다.

근대화로 사회가 변화하면서 새롭게 등장한 직업들이 굉장히 많았을 거예요. 「돌다리」에 나오는 외과 의사, 「달밤」의 신문 배달부나 학교 교사, 「색시」의 식모, 「장마」의 소설가, 그리고 이 소설의 부동산 중개업자 등등이 새로 생겨난 직업이지요. 이 소설에서 부동산 중개업자는 안 초시의 친구인 서 참의예요. 참의는 구한말 무관 장교의 계급을 뜻합니다. 그러니까 부동산 중개업을 하기 전, 한일합방 이전에 서 참의는 군인이었던 거죠. 나라가 망하면서 군대가 해산되니까 군인인 서 참의는 졸지에 직장을 잃었던 거예요.

참의로 다니다가 합병 후에는 다섯 해를 놀면서 시기를 엿보았으나 별수가 없을 것 같아서 이럭저럭 심심파적*으로 갖게 된 것이 이 가옥 중개업이었다. 처음에는 겨우 굶지 않을 만한 수입이었으나 대정(大正)* 팔구 년 이후로는 시골 부자들이 세금에 몰려, 혹은 자녀들의 교육을 위해 서울로만 몰려들고, 그런 데다 돈은 흔해져서 관철동, 다옥정 같은 중앙 지대에는 그리 고옥(古屋)*만 아니면 만 원대를 예사로 훌훌 넘었다. 그 판에 봄가을로 어떤 달에는 삼사백 원 수입이 있어, 그러기를 몇 해를 지나 가회동에 수십 간 집을 세웠고 또 몇 해 지나지 않아서는 창동 근처에 땅을 장만하기 시작하였다. 지금은 중개업자도 많이 늘었고 건양사 같은

심심파적 심심풀이
대정 일본 다이쇼(大正) 천황 시대의 연호
고옥 낡은 집

큰 건축 회사가 생기어서 당자*끼리 직접 팔고 사는 것이 원칙처럼 되어 가기 때문에 중개료의 수입은 전보다 훨씬 준 셈이다. 그러나 이십여 간 집에 학생을 치고 싶은 대로 치기 때문에 서 참의의 수입이 없는 달이라고 쌀값이 밀리거나 나뭇값에 졸릴 형편은 아니다.

– 소설 「복덕방」 중에서

한일합방 후 다섯 해나 실직자 신세를 면하지 못한 서 참의를 보면, 나라가 든든해야 개인의 행복도 보장받을 수 있다는 논리에 고개를 끄덕이게 되죠? 변화의 흐름을 읽는 눈이 있었던 탓인지, 아니면 우연히 얻은 행운인지, 서 참의가 부동산업을 시작할 무렵 식민지 조선에서는 부동산업이 크게 일어납니다. 한일합방 이후 식민지의 근대화가 본격적으로 추진되었으니, 수도인 서울의 부동산업계가 번창할 기회를 맞았던 것은 당연한 일이겠죠. 취직을 하려고 서울로 이주해 오는 사람들이 늘어났고, 근대 학교에 입학하려는 지방 유학생들이 대거 상경했으니까요. 부동산 중개업자들에게 호시절이 온 것입니다.

부동산업으로 한몫을 잡은 서 참의는 덕분에 집도 짓고 땅도 사들였어요. 좋은 시절이 지나고 1930년대에는 예전처럼 부동산 중개업으로 큰돈을 만질 수는 없게 되었지만, 사 놓은 집에 하숙을 치

당자 당사자

면서 어렵지 않게 살고 있는 거죠. 하지만 복덕방의 단골손님인 다른 친구들의 사정은 여유롭지가 못합니다. 안 초시는 예전에 사업으로 큰돈을 만져 보았던 사람이에요. 누구보다도 '돈의 긴요성'을 잘 아는 사람이죠. 안경화라는 꽤 유명한 무용가를 딸로 두었지만 딸은 아버지에게는 별 관심이 없어요. 이런 상황에서 안 초시는 어떻게 해서든 다시 한 번 재기를 해 보려고 노력합니다.

한편 또 다른 등장인물인 박희완 영감은 대서업을 하려고 일본어를 열심히 배우는 중입니다. 대서업이 뭐냐고요? 돈을 받고 행정이나 법률에 관한 서류를 대신 작성해 주는 것을 대서업이라고 해요. 법률 문서를 작성하는 일은 요즘도 쉽지 않지만, 식민지 시대에는 일본어로 서류를 꾸며야 했으니까 대서업이 필요했던 거죠. 그래서 박 영감은 속성으로 일본어를 익히는 책을 늘 끼고 있습니다.

서 참의의 복덕방에 세 노인이 모여 있는 풍경이 그려지나요? 자기 가게라고 그래도 큰소리를 치는 서 참의, 중얼중얼 일본어를 외우고 있는 박희완 영감, 야무진 재기를 꿈꾸고 있는 안 초시. 시대에 뒤처진 이 노인들이 안쓰럽기도 하고, 복덕방에서 재기를 꿈꾸는 모습이 허황되어 보이기도 하죠. 특히, 안 초시가 꾸는 꿈을 보면 더욱 그렇답니다. 안 초시의 관심은 온통 땅 투기에 쏠려 있으니까요. 1930년대 우리나라에는 금광, 미두*, 주식 등의 투기 산업이 기승을

미두 쌀을 실제로 주고받지 않으면서 팔고 사는 일. 실제 거래를 목적으로 하는 것이 아니고 쌀의 시세를 이용해 약속으로만 거래하는 일종의 투기 행위이다.

현실과 이상 사이의 갈등, 전근대와 근대의 소용돌이 속에서

부렸었다고 해요. 일제의 극심한 수탈로 인해 생겨난 부정적인 결과물들인 거죠.

금광을 발견하겠다는 영월 영감이나 땅 투기로 한몫 잡아 보겠다는 안 초시의 야망은 분명 잘못된 것입니다. 하지만 일제강점기에 금광이나 미두와 같은 한탕주의가 대유행했다는 것은 일제의 근대화 정책이 잘못되었다는 것을 말해 주는 것이기도 합니다. 정상적이고 정당한 방법으로는 돈을 벌 수 없으니까 사람들이 편법과 불법, 일탈을 시도하게 되는 거죠. 안 초시는 노동을 하고 저축을 하는 정상적인 방법으로 돈을 벌려는 사람이 아니에요. 그럴 수 없다는 걸 알 만큼 영악하고 속물적인 사람이기도 하고요. 안 초시는 셈속이 아주 빠른 사람입니다.

안 초시가 다시 주먹구구를 거듭해서 얻어 낸 총액이 일만 구천 원, 단 천 원만 들여도 일만 구천 원이 되리라는 심속이니, 만 원만 들이면 그게 얼만가? 그는 벌떡 일어났다. 이마가 화끈했다. 도사렸던 무릎을 얼른 곧추세우고 뒤나 보려는 사람처럼 쪼그렸다. 마코＊ 갑이 번연히＊ 빈 것인 줄 알면서도 다시 집어다 눌러 보았다. 주머니에는 단돈 십 전, 그도 안경다리를 고친다고 벌써 세 번짼가 네 번째 딸에게서 사오십 전씩 얻어 가지고는 번번이 담

마코 담배 이름
번연히 뻔히

뱃값으로 다 내어 보내고 말던 최후의 십 전, 안 초시는 주머니에 손을 넣어 그것을 집어내었다. 백통화 한 푼을 얹은 야윈 손바닥, 가만히 떨리었다.

- 소설 「복덕방」 중에서

셈속 빠른 안 초시가 하려는 건 땅 투기입니다. 땅값이 오를 지역을 알아내서 거기에 투자를 한다는 거죠. 어디 땅값이 오를지 어떻게 아느냐고요? 국가가 개발하려고 계획 중인 땅의 값이 오르겠죠. 그래서 안 초시는 자신의 인맥을 총동원해서 국가의 개발 계획을 알아냅니다. 자, 그런데 투자할 돈이 없네요. 친구들도 그럴 만한 거금이 없기는 마찬가지고요. 그래서 안 초시는 딸 안경화에게 아쉬운 소리를 합니다. 일 년에 오십 배 이상 땅값이 뛸 거라는 그의 말에 딸도 눈이 휘둥그레지죠. 안 초시의 딸은 이익을 오십 배 올릴 수 있다는 말에 솔깃해서 빚을 삼천 원이나 낸 무리한 투자를 해요. 결과가 어떻게 되었느냐고요? 이 모든 것이 사기였습니다.

일 년이 지났다.
모두 꿈이었다. 꿈이라도 너무 악한 꿈이었다. 삼천 원어치 땅을 사 놓고 날마다 신문을 훑어보며 수소문을 하여도 거기는 축항*이 된단 말이 신문에도, 소문에도 나지 않았다. 용당포와 다사

축항 항구를 만듦

도에는 땅값이 삼십 배가 올랐느니 오십 배가 올랐느니 하고 졸 부들이 생겼다는 소문이 있어도 여기는 감감소식일 뿐 아니라 나중에, 역시, 이것도 박희완 영감을 통해 알고 보니 그 관변 모 씨에게 박희완 영감부터 속아 떨어진 것이었다. 축항 후보지로 측량까지 하기는 하였으나 무슨 결점으로인지 중지되고 마는 바람에 너무 기민하게 거기다 땅을 샀던, 그 모 씨가 그 땅 처치에 곤란하여 꾸민 연극이었다.

– 소설 「복덕방」 중에서

안 초시는 재기는커녕 딸에게 막대한 손실을 입힌 거예요. 안 초시는 이 참담한 마음을 견디지 못하고 자살하고 맙니다. 복덕방에 왔다가 안 초시의 죽음을 알게 된 서 참의는 먼저 딸 안경화를 찾아가요. 그리고 파출소로 가려고 하지만 안경화가 극구 말립니다. 아버지의 자살이 알려지면 유명 무용가인 자신의 명예가 실추된다는 거죠.

아버지의 죽음 앞에서도 자기 명예만 생각하는 얄미운 안경화에게 서 참의는 이런 제안을 해요. "아버지의 죽음을 관청에 알리지 않겠다. 대신 제일 좋은 수의를 입히고 예를 제대로 갖추어서 장례식을 해라." 하고요. 살아서 못 받아 본 효도를 죽어서라도 받아 보라는 친구 서 참의의 마음이 이해되나요? 안 초시의 두 친구가 영결식장에 참석하는 것으로 소설은 끝이 납니다.

「복덕방」에 등장하는 인물에게 작가 이태준은 큰 애정이나 호의를 보내지 않습니다. 영월 영감이나 창섭 부친에게 존경을 표하던 것이나, 혹은 황수건이나 색시 같은 못난이에게 애정을 표현하던 것과 대조적이죠? 「복덕방」을 눈여겨보면 이 소설에 등장하는 인물들이 모두 근대적인 직종에 종사한다는 점을 관찰할 수 있어요. 부동산 중개업자, 땅 투기자, 무용가, 대서업자 모두 근대와 함께 탄생한 직업들입니다. 이들에게 가장 중요한 것은 돈이죠. 경제적 이익을 위해서 물불을 가리지 않는다는 점에서 이들은 모두 황금만능주의의 지배를 받는 사람들이고요. 그러니 이태준이 호의나 동정심을 갖고 인물들을 그리지 않는 것입니다.

지금까지 우리는 이태준의 1930년대 중·후반 행적을 살펴보았습니다. 생활과 예술, 현실과 이상 사이에서 이태준이 많은 고민과 갈등을 했었다는 것, 예술성 높은 소설을 쓰기 위해서 신문사를 그만두었지만 결국 더 생활고에 시달리게 되었다는 것을 알게 되었지요. 또 이태준이 예술적인 욕망을 위해서 신문사를 사직한 것만이 아니라, 그에게 더 복잡 미묘한 일들이 있었다는 것도 이야기했지요? 박태원, 이상의 글을 신문에 연재하면서 신문사와 겪었던 갈등, 그리고 언론과 창작의 자유를 탄압해 오는 일제로 인해 1930년대 후반 이태준의 삶은 다시 내리막길을 걷게 된다는 것 말이에요.

1930년대의 악화되는 상황 속에서 이태준은 자기 심경을 솔직하게 고백한 「장마」, 「토끼 이야기」 등의 자전소설을 발표하는 한편, 일제와 일제 근대화의 맹점을 비판적으로 조명한 「패강랭」, 「영월 영감」, 「복덕방」 등의 수작을 발표해요. 자유가 탄압되는 상황을 그리는 이 소설들은 현실의 문제점을 보여 줄 뿐만 아니라, 앞으로의 상황을 예견하며 나아갈 바를 암시하고 있다는 점에서 남다른 의미를 가집니다.

현실과 이상 사이의 갈등, 전근대와 근대의 소용돌이 속에서

빼앗긴 들, 빼앗긴 봄

| 일제강점기 땅, 돈, 투기 이야기 |

100년 전 우리나라에 가장 많았던 직업은 무엇일까요? 교사, 기자, 상인 등 제대로 된 직업을 가진 사람들은 소수에 불과했을 뿐, 농민이 대부분이었지요. '내 땅을 가졌으면' '쌀밥에 고깃국 한번 먹어 봤으면' 하는 것이 대다수 농민들의 소망이었습니다. 땅을 잃은 농민들의 설움과 함께 그 시절 사람들의 삶을 들었다 놨다 했던 땅 투기 이야기도 만나 볼까요?

백 년 전에도 땅 투기가 있었다

소설 「복덕방」의 안 초시는 땅 투기를 통해 일확천금을 노리다 실패하고는 자살하고 말지요. 실제로 일제가 우리나라를 마구잡이로 개발하면서 새로 항구가 생기거나 공장이 들어서는 지역의 땅값이 오르는 일이 많았습니다. 토지 브로커들도 많이 생겨나 아무나 붙잡고 땅을 사고팔라고 유혹했고 어떤 땅은 하루에 10여 차례 주인이 바뀔 정도로 땅 투기

일제강점기 땅문서.

　　이태준_5

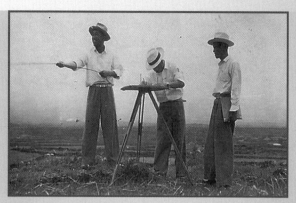
일제강점기 토지 개발을 위해 땅을 측량하는 사람들.

열풍이 불었다고 해요.

특히 1932년 일본이 중국 대륙으로 진출하기 위해 대륙 철도의 맨 마지막 종단역으로 나진을 결정하면서 인구 100명 남짓한 항구 촌에 부동산 투기 열풍이 불어닥쳐 하루아침에 땅값이 천 배로 뛰어올랐다고 합니다. 당시 100원은 웬만한 사람의 두 달치 월급이었는데 나진에 가면 개도 100원짜리를 물고 다닐 정도였다고 해요. 이 소식이 인구가 4만 명이나 되던 청진에 알려지자 청진이 종단역이 되리라 믿고 미리 땅을 사 두었던 사람들이 큰 손해를 보아 실망한 나머지 종단역을 바꾸라고 궐기대회를 열기도 했습니다.

정어리가 일확천금의 꿈을 이루어 준다고?

일제강점기는 몰락과 수탈의 시대이기도 했지만 자본주의와 근대화가 막 시작되어 돈에 대한 욕망이 한꺼번에 터져 나온 시대이기

◇◇◇◇◇◇◇◇ 빼앗긴 들, 빼앗긴 봄

도 했습니다. 여기에 일제는 당시 세계를 휩쓸던 경제 공황을 이겨 내고 전쟁을 준비하기 위해 가장 안전한 재물인 '금' 캐기를 독촉했고, 그 결과 사람들은 너도나도 금을 찾는데 혈안이 되었지요. 금이 그리 많지도 않고 그나마 캐기도 어려운 깊은 곳에 있는 우리나라가 세계 5위의 금 생산국이 될 정도였으니 모두들 얼마나 금을 찾아 헤맸을지 짐작이 가지요? 덕분에 평범한 야산을 두고 금광이라고 사기 치는 사기꾼들이 활개를 쳤고 단 몇 그램의 금을 얻기 위해 멀쩡한 집과 논밭을 망가뜨리는 일도 많았다고 해요.

사람들은 돈이 되는 것이라면 그게 땅이든 금이든 쌀이든 매달렸고 심지어 정어리 투기를 하기도 했습니다. 정어리기름이 다이너마이트, 화장품, 의약품의 원료로 사용되었기 때문입니다.

땅 없어 봐라, 집이 어뒀으며 나라가 어듸 있나?

하지만 투기는 일부 사람들의 이야기였을 뿐, 힘없는 백성들의 삶은 더욱 힘들기만 했습니다. 일본은 우리나라를 침략한 후 토지조사사업을 벌여 왕실과 공공 기관의 땅뿐만 아니라 신고하지 못한 수많은 농민들의 토지를 빼앗았지요. 토지조사사업 후 일본인 지주가 차지한 농경지가 전체 농경지의 11퍼센트에 달할 정도였습니다.

땅을 잃은 농민들은 지주의 땅을 빌려 농사를 짓는 소작농이 되어야 했습니다. 농사지은 것의 절반을 땅 빌린 값으로 주어야 했는데

그것 말고도 종잣값, 농약
값, 각종 세금을 내야 하
니 농사를 지어 봤자 남
는 것이 없었지요. 빚을
지다 버티지 못하게 되면
유랑민이 되어 고향을 등지고
도시로 가서 하층민으로 생활하
거나, 아니면 만주나 북간도 같
은 나라 밖으로 떠돌아야 했습니다.

이 모든 원인은 조선이 농사지을 땅만이 아니라 땅으로 상징되
는 국가를 잃어버렸기 때문입니다. 국가가 없으니 일제와 친일파가 터
무니없는 소작료를 요구하는 것이고, 이런 부당한 현실 속에서 농민들
은 걸인과 다름없는 처지로 전락하게 된 것이지요.

시인 이상화는 조국을 잃은 설움과 절망을 "지금은 남의 땅—빼
앗긴 들에도 봄은 오는가?"라고 표현했습니다. '들'은 일제에게 빼앗긴
나라의 비유이고, '봄'은 국권이 회복되는 광복의 날을 상징하지요. 그
러므로 '빼앗긴 들'은 단순히 땅을 가리키는 것이 아니라, 식민 치하의
조국 현실을 의미했던 것입니다. ◉

6

살고 싶다기보다
살아 견디어 내고 싶었다

{ 순수문학의 기수에서 공산주의자로의 변신 }

격변의 해방 전후 그리고 이태준의 선택

우리나라는 1945년 8월 15일 광복을 맞이했습니다. 그 시대를 살지 않았던 여러분이 생각해도 8·15 광복의 기쁨은 믿기지 않을 만큼 컸겠지요? 그런데 더불어서 해방 직전에 이 땅에 살았던 사람들의 고생이 엄청났을 거라는 생각도 해 볼 필요가 있습니다. 새벽이 오기 직전의 어둠이 가장 짙다고 하잖아요. 일제도 패망을 앞두고 온갖 악랄한 짓들을 했어요. 그래서 1940년대를 '일제 암흑기'라고 하지요. 일제는 신문, 잡지를 폐간하고 조선어 교육을 단계적으로 폐지해 갑니다.

문인들에 대한 탄압도 더욱 심해졌습니다. 저항 시인인 이육사와 윤동주는 안타깝게도 옥고를 치르다 옥중에서 죽었고 한용운도 조선 독립을 한 해 앞두고 세상을 떠나 광복을 보지 못했습니다. 일제의 극심한 탄압 아래서 협력을 하지 않으려는 작가들은 붓을 꺾는 수밖에 없었어요.

이태준이 1943년 강원도 철원으로 낙향했던 것도 이런 이유에서였습니다. 서울에 있으면 계속해서 강요와 압박을 받으니까 아예 시골로 이사를 가 버린 거죠. 이 시기 이태준의 상황은 중편 분량의 「해방 전후」에 꼼꼼히 기록되어 있어요. 「해방 전후」를 따라 이 해방 전후기를 정리해 볼까요?

이 소설 속 주인공 이름도 '현'이에요. 현은 사상가도, 공산주의자도 아닌 그냥 소설가입니다. 그런데도 일제는 현을 요주의 인물로 찍어 놓고 감시를 늦추지 않아요. 일제의 골치를 썩이는 청년들의 집에서 현의 책이 발견되고 심문 끝에 그의 이름이 나왔다는 거예요. 이걸 보면 현이 의식 있는 젊은이들에게 적지 않은 영향력을 끼치던 인물임을 짐작할 수 있겠지요? 특히, 지원병 문제로 젊은이들이 찾아오게 되면 현은 마음이 괴롭지 않을 수 없게 됩니다. 일제 말인 1940년대에는 징병제, 학병제로 어린 학생들까지 전쟁터로 끌려 나가는 상황이 벌어졌거든요. 친일에 가담한 작가들은 일제의 전쟁을 찬양하며 젊은이들의 참전을 독려합니다.

하지만 현은 일제가 일으킨 전쟁에서 이렇다 할 명분을 찾을 수 없었고, 당연히 학생들에게 전쟁터로 나가 싸우라는 충고도 하지 않았습니다. 그러니 일제의 입장에서는 현이 눈엣가시처럼 못마땅할 수밖에 없었던 거죠. 고지식한 남편의 성격을 아는 아내는 불안해하며 차라리 시골로 이사를 가자고 졸라요. 서울에 있으면 일본 형사들의 등쌀에 못 살겠으니 경찰이 찾지 못할 두메산골로 들어가자는 거죠. 자전소설인 「장마」나 「토끼 이야기」의 아내처럼, 「해방 전후」의 아내도 현실적인 대안을 제시하는 역할을 합니다. 현은 정세를 두고 보자며 낙향을 미루지만, 고등계 형사에게 취조를 당하고는 떠날 것을 결심하게 됩니다.

"시국[*]을 위해 왜 아무것도 안 하십니까?"

"나 같은 사람이 무슨 힘이 있습니까?"

"그러지 말구 뭘 좀 허십시다. 사실인즉 도 경찰부에서 현 선생 같으신 몇 분에게 시국에 협력하는 무슨 일 한 것이 있는가? 또 하면서 있는가? 장차 어떤 방면으로 시국 협력에 가능성이 있는 가? 생활비가 어디서 나오는가? 이런 걸 조사해 올리란 긴급 지 시가 온 겁니다."

"글쎄올시다."

하고 현은 더욱 민망해 쓰루다의 얼굴만 쳐다보는 수밖에 없 었다.

"그래두 뭘 허신다구 보고가 돼야 좋을걸요? 그 허기 쉬운 창 씨개명(創氏改名)은 왜 안 허시나요?"

수속이 힘들어 못 하는 줄로 딱해하는 쓰루다에게 현은 역시 이것에 관해서도 대답할 말이 없었다.

"우리 따위 하층 경관이야 뭘 알겠습니까만, 인젠 누구 한 사람 방관적 태도는 용서되지 않을 겁니다."

— 소설 「해방 전후」 중에서

시국 현재 당면한 국내 및 국제 정세

　　　　순수문학의 기수에서 공산주의자로의 변신

형사 쓰루다는 의아하다는 듯이 왜 시국을 위해 아무것도 안 하냐고 묻습니다. 그리고 시국에 협력하지 않으면 곤란하다며 은근히 협박을 하지요. 그러면서 한마디 더 덧붙여요. 일본식으로 이름을 고치는 창씨개명은 쉬운데 왜 안 하느냐고요. 앞으로 당신처럼 방관적 태도를 보이는 사람은 용서하지 않을 거라고도 합니다. 이런 식의 취조를 수시로 당해야 한다면, 꽤나 피곤하고 곤란하지 않겠어요? 취조 때마다 굴욕감을 느끼는 것은 물론 불안을 느끼지 않을 수 없을 테니까요. 일본의 압박을 받은 이태준은 실제로 일제 말 『대동아전기』를 다른 소설가와 함께 번역합니다.

『대동아전기』는 일제가 일으킨 전쟁을 찬양하는 내용을 담고 있습니다. 매서운 잣대를 들이대자면 이 책을 번역한 것은 일제에 협력한 행위라고 할 수 있어요. 「해방 전후」에 자세히 기록된 것처럼 이태준이 『대동아전기』의 번역을 자발적으로 맡았던 건 아니에요. 일제의 협박에 견디다 못해 수락한 것이지만, 어쨌든 이 책의 번역으로 이태준은 일제에 협력했다는 하나의 오점을 남긴 것이죠. 이 일과 관련해서 이태준은 현의 입을 빌려 이런 고백을 합니다.

'철 알기 시작하면서부터 굴욕만으로 살아온 인생 사십, 사랑의 열락"도 청춘의 영광도 우리에겐 없었다. 일본의 패전기라면

열락 기뻐하고 즐거워함

몰라, 일본에 유리한 전기(戰記)*를 내 손으로 주무르는 건 무엇 때문인가?'

현은 정말 살고 싶었다. 살고 싶다기보다 살아 견디어 내고 싶었다. 조국의 적일 뿐 아니라 인류의 적이요 문화의 적인 나치스의 타도(打倒)*를 오직 사회주의에 기대하던 독일의 한 시인은 몰로토프*가 히틀러와 악수를 하고 독·소 중립 조약이 성립되는 것을 보고는 그만 단순한 생각에 절망하고 자살하였다 한다.

'그 시인의 판단은 경솔하였던 것이다. 지금 독·소는 싸우며 있지 않은가? 미·영·중도 일본과 싸우며 있다. 연합군의 승리를 믿자! 정의와 역사의 법칙을 믿자! 정의와 역사의 법칙이 인류를 배반한다면 그때는 절망하여도 늦지 않을 것이다!'

- 소설 「해방 전후」 중에서

일본의 전쟁을 찬양하는 책을 번역하는 것이 굴욕적이었지만, 그래도 살아 견디고 싶었다고 이야기하는 것입니다. 나치가 승승장구하는 것을 보고 독일의 시인은 자살하였지만 그건 경솔한 선택이라고 말하지요. 연합군이 나치와 싸우고 있는 지금은 히틀러가 완전한 승리를 거둔 것이 아니므로, 살아 견뎌야 한다는 것입니다. 일제 말을 버텨 냈던 이태준의 심정이 조금 짐작되나요? 일본에 유리한

전기 전쟁이나 전투에 대해 쓴 기록이나 글
타도 어떤 대상을 물리치거나 거꾸러뜨림
몰로토프 옛 소련의 정치가

순수문학의 기수에서 공산주의자로의 변신

책을 번역하는 수치스럽고 부끄러운 일을 한 것이 사실이지만, 살기 위해서는 어쩔 수 없는 선택이었다는 거죠. 내일의 승리를 위해 한 걸음 양보하는 것이라고 비유할 수 있을까요?

또 은연중에 자신은 일제가 망하고 우리나라가 독립을 이루게 될 것을 예견하고 있었다는 이야기를 합니다. 그리고 일제의 폭압으로 인해 적극적인 저항을 하지는 못했지만, 자신의 세계관이나 문학 속에 민족주의가 잠재해 있었다고 설명하지요. 어찌보면 "정말 살고 싶었다."라는 현의 고백이 구차한 자기 합리화처럼 보이기도 합니다. 하지만 일제 말 지식인들에게 주어졌던 가혹한 딜레마를 우리가 다소 정상참작할 필요는 있어요. 그들에게 선택지는 일제에 협력하거나 저항하거나 오직 둘뿐이었던 것입니다.

그런데 반일, 저항을 선택한다면 개인과 가족의 목숨이 위험해집니다. 양심적인 선택이 약간의 손해와 희생에서 그치는 것이 아니라, 생존 자체를 불가능하게 하는 것이라면 문제는 그렇게 간단하지가 않지요. 흑백논리를 들이댈 수 없는 복잡 미묘함이 포함되어 있다는 것입니다. 이런 이유로 일제 말 침묵을 선택했던 문인들을 '반일 작가', '항일 작가'라고 평가합니다. 정상적인 상황에서라면 어느 편인지를 밝히지 않고 침묵을 선택한 것을 비겁하다고 비판할 수 있어요. 하지만 일제 말과 같은 상황에서 침묵을 선택한 것은 그것만으로도 용기 있고 지조 있는 행동이라고 할 수 있는 거지요.

이태준, 김동리, 김기림, 황순원 등의 침묵이 그러한 사례입니다. 왕성하게 글을 발표하던 김동리나 김기림은 일제 말 암흑기에 글을 쓰지 않음으로써 일제에 협력하는 것을 피해요. 또한 소설가 황순원은 읽히지도 출간되지도 않을 작품들을 써서 석유 상자 밑이나 다락 구석에 숨겨 두었었다고 합니다. 이태준이 1943년 성북동 집을 정리하고 강원도 철원으로 이사를 간 것도 이런 이유에서였죠. 낙향을 결심하던 이태준도 소설 속의 현처럼 낚시로 소일하면서 시간을 보내겠다는 심산이었을 거예요. 1940년대에 쓰여진 「무연」, 「사냥」 등에서 이 시기 이태준이 어떻게 지냈는지를 짐작할 수 있답니다. 이 소설들을 보면 낚시와 사냥으로 세월을 보내는 주인공들이 등장하거든요.

하지만 시골이라고 해서 일제의 감시로부터 완전히 자유로울 수 있었던 것은 아닙니다. 일제는 산골에 위치한 현의 집까지 순사를 보내 협력을 강요하거든요. 하필이면 낚시터 가는 길목에 주재소가 있어서 낚시를 가는 것도 쉽지가 않지요. 취미 활동인 낚시를 마음대로 못하는 대신, 현은 김 직원이라는 노인과 친해지게 됩니다. 직원이 뭐냐고요? 아, 향교(鄕校)*에서 일을 맡아보는 사람을 직원이라고 해요. 이태준 소설에 등장하는 노인은 긍정적인 노인과 부정적인 노인으로 구별된다고 했지요? 현과 친한 걸로 봐서 김 직원이 긍정적인 노인이란 걸 짐작할 수 있을 거예요.

김 직원은 망해 버린 조선을 이상적인 국가로 생각한다는 점에

향교 고려·조선 시대에 지방의 관청에서 만든 학교. 조선 중기 이후 서원이 발달하자 기능이 약화되었다.

서 「돌다리」의 창섭 부친과 비슷한 사람입니다. 현은 김 직원을 '인격자', '지사'*라고 부를 정도로 좋아해요. 김 직원은 3·1 만세 운동으로 서울로 끌려갔던 걸 제외하고는 서울에 가 본 적이 없는 사람이에요. 총독부가 있는 서울에는 안 가겠다는 거죠. 창씨개명의 탄압에도 끄떡하지 않는 것은 물론이고요. 현은 이런 김 직원의 강직한 인품에 반해 버려요. 그래서 옛날 학문만 알고 신학문을 알지 못하는 김 직원에게 벽을 느끼기보다는 마음속 깊은 생각을 숨김없이 나누며 그와 가까워지게 됩니다.

현은 나라를 향한 열정을 가진 김 직원과 정신적 교류를 하는 것 외에는 낚시질로 소일하며 철저한 자기반성을 하게 돼요. 자신의 문학에 대한 태도나 작품 세계가 마치 고완품을 애무하는 것과 같은 취미는 아니었는지 돌아보게 되었다고 고백합니다.

현은 이것을 붓을 멈추고 자기를 전망*할 수 있는 이 피난처에 와서야, 또는 강대산 같은 전세대(前世代) 시인의 작품을 읽고야 비로소 반성하는 것은 아니었다. 현의 아직까지의 작품 세계는 대개 신변적인 것*이 많았다. 신변적인 것에 즐기어 한계를 둔 것은 아니나 계급보다 민족의 비애에 더 솔직했던 그는 계급에

지사 나라와 민족을 위하여 제 몸을 바쳐 일하려는 뜻을 가진 사람
전망 앞날을 헤아려 봄
신변적인 것 개인적이고 일상적인 것

편향했던[*] 좌익엔 차라리 반감이었고, 그렇다고 일제(日帝)의 조선 민족 정책에 정면충돌로 나서기에는 현만이 아니라 조선 문학의 진용[*] 전체가 너무나 미약했고 너무나 국제적으로 고립해 있었다. 가끔 품속에 서린 현실자로서의 고민이 불끈거리지 않았음은 아니나, 가혹한 검열제도 밑에서는 오직 인종(忍從)[*]하지 않을 수 없었고 따라 체관(諦觀)[*]의 세계로밖에는 열릴 길이 없었던 것이다.

- 소설 「해방 전후」 중에서

자, 이 정도면 꽤 철저한 자기반성이라고 할 수 있지 않을까요? 이태준은 현의 입을 빌려 자기의 작품 세계에 '신변적인 것'이 많았다고 고백합니다. 자신의 주변에서 있었던 일상적인 일을 신변적인 것이라고 하고, 자기 고백인 수필이 대표적인 신변잡기에 속하지요. 이태준은 이렇게 사소한 일상을 다루는 글만 써 온 것이 아닌가 하고 자신을 돌아보는 것입니다. 나아가 계급문학과 좌익에 대해서는 반감이 있었으며 계급 문제를 다루지 못하는 한계를 보였다는 자기반성, 검열제도 아래서 적극적인 저항을 하지 못했다는 처절한 반성도 하지요. 계급성과 사회성이 부족하다는 것은 이미 카프 계

편향했던 치우쳤던
진용 집단 구성원
인종 묵묵히 참고 따름
체관 단념

열 비평가들이 지적했던 것들인데, 그가 이제야 인정을 하고 반성을 하는 거죠.

누구를 위한 반성문인가

일제의 강압적인 조치 속에서 자기반성을 하는 와중에, 현은 갑자기 8·15해방을 맞이하게 됩니다. 라디오나 신문이 없던 시골에 있었던 터라 현은 아무것도 모른 채 운명의 8월 15일을 보냈다고 해요. '급히 상경하라.'라는 전보를 받고 서울로 가서야 해방된 것을 알게 되지요.

실제 작가인 이태준 역시 8월 16일 강원도 철원에서 해방의 소식을 듣고 서울로 상경했다고 합니다. 곧장 서울로 올라온 이태준은 임화, 김남천 등의 카프 작가들과 함께 조선문학가동맹을 만들지요. 이태준은 「해방 전후」에서 해방 직후의 혼란에 대해 자세히 설명하고 있어요.

현이 도착한 서울은 한마디로 북새통이었습니다. 누군가는 해외에서 임시정부가 들어온다고 하고, 다른 데서는 독단적인 건국 준비를 하고요. 정치인들뿐만 아니라 문화인들 역시 마찬가지였습니다.

무슨 이권을 챙기기라도 하듯, 재빨리 간판부터 내거는 게 현의 눈에는 경박해 보였습니다. 가장 빠른 행보를 보인 것은 조직적인 행동에 익숙한 좌익 단체였지요. 현이 '조선문화건설 중앙협의회'

라는 대표적인 단체에 가 보니 전날 구인회와 문장의 친구들이 몇 있었습니다. 친하지 않던 카프 계열 작가들이 주축이 된 단체라서 현은 처음에는 경계하는 마음을 가졌지만, 그들이 작성한 선언문을 보고 동의를 하게 돼요.

실제로 '조선문화건설 중앙협의회'는 카프의 열혈 회원이던 임화, 김남천, 이원조가 중심이 되어 1945년 8월 18일 결성된 단체로 그해 말 '조선프롤레타리아예술동맹'과 '조선문학동맹'으로 통합되는데, 해방 후 가장 큰 영향력을 발휘한 문인 단체였습니다. 소설 속 현은 이태준이 이 단체에 깊이 관계하게 된 사연을 소개해 주고 있는 거지요. 현은 '조선문화건설 중앙협의회'의 주장을 알게 되자 한군데도 이의를 품지 않게 되었다고 말합니다. 좌우를 막론하고 민족이 나아갈 방향을 정하고 그를 위한 원칙이 있어야 한다는 주장인데, 현 역시 그 말에 전적으로 동의했었던 거죠.

현은 시대의 새로운 분위기 속에서 나라와 민족을 위해 문화인으로서의 역할을 해 나가는데, 한 가지 문제가 생깁니다. 해방 전까지 정신적 동지였던 김 직원과의 관계가 완전히 틀어져 버렸거든요. 좌익 단체에서 일을 시작하고 시간이 얼마 지난 뒤, 김 직원이 현을 찾아옵니다.

해방의 감격을 함께 나눈 것도 잠시, 두 사람은 너무나 다른 서로의 입장을 확인하게 되지요. 김 직원은 해방이 되면 영친왕을 다시 모셔 와서 전주 이씨 왕조를 부활시켜야 한다고 주장하던 사람입니다. 그 연장선에서 김 직원은 임시정부를 지지하지요. 반대로 현은 공산주의를 옹호하는 입장이고, 두 사람의 견해 차이는 신탁통치[*]를 둘러싼 논쟁에서 첨예하게 드러나죠. 김 직원의 입장에서는 갑자기 공산주의로 노선을 변경한 현이 배신자처럼 보일 수밖에 없는 거지요. 김 직원은 순진한 현이 공산주의자들에게 이용당하는 것이라고 충고하고, 현은 아니라고 해명합니다.

두 사람은 임진왜란 때의 역사까지 들먹이며 격렬하게 논쟁을 벌이지만 서로의 갈 길이 다르다는 것을 재차 확인할 뿐이에요. 김 직원은 임시정부에서 중요한 역할을 했던 인사들이 정계를 맡는 게 당연하다고 말하고, 현은 좌익의 주장이 타당하다고 말합니다. 해방 전까지 그렇게 친했던 김 직원과 현의 관계가 갑자기 소원해지는 게 약간 이해가 안 되지요? 「해방 전후」의 김 직원 영감은 해방 후 좌익을 선택한 이태준이 버려야 할 세계를 상징한다고 볼 수 있습니다. 공산주의를 선택한 이태준은 이제 김 직원으로 상징되는 고완주의, 순수문학, 전근대주의와 이별을 해야 하는 거예요.

「돌다리」에서 근대의 상징인 창섭이 아버지의 세계와 결별을 하고 떠나는 것처럼, 「해방 전후」의 현이나 이태준도 전근대적인 것들을 떠나보내야 하는 것입니다. 공산주의자로 입장을 확실히 정한

신탁통치 UN의 위임을 받은 나라가 자치 능력이 없다고 판단되는 일정 지역을 통치하는 것을 말한다. 제2차 세계대전 후인 1945년 12월 모스크바 3상회의에서 미국, 영국, 소련은 5년간 조선을 신탁통치할 것을 결정했다. 언론에 이 회의 결과가 보도되자 이념에 따라 이에 찬성하는 쪽과 반대하는 쪽으로 나뉘어 친탁운동과 반탁운동이 벌어지는 등 남북 분열을 불러일으키는 역사적 원인이 되었다.

이상, 옛것에 대한 동경은 무의미한 거죠. 아니, 이태준 자신이 예전과 같은 부르주아 예술인이 아니라는 것을 보여 주기 위해서라도 결별을 선언해야 하는 거예요.

현은 되도록 흥분을 피하며, 우리 민족의 해방은 우리 힘으로가 아니라 국제 사정의 영향으로 되는 것이니까 조선 독립은 국제성의 지배를 벗어날 수 없는 것, 3상회담*의 지지는 탁치 자청(自請)*이나 만족이 아니라 하나는 자본주의 국가요 하나는 사회주의 국가인 미국과 소련이 그 세력의 선봉들을 맞댄 데가 조선이라 국제간에 공개적으로 조선의 독립과 중립성이 보장되어야지, 급히 이름만 좋은 독립을 주어 놓고 소련은 소련대로, 미국은 미국대로, 중국은 중국대로 정치·경제 모두가 미약한 조선에 지하 외교를 시작하는 날은, 다시 이조 말의 아관파천*식의 골육상쟁*과 멸망의 길밖에 없다는 것, 그러니까 모처럼 얻은 자유를 완전 독립에까지 국제적으로 보장되는 길을 택할 수밖에 없다는 것, 이 왕조의 대한(大韓)이 독립 전쟁을 해서 이긴 것이 아닌 이

3상회담 1945년 옛 소련의 모스크바에서 미국·영국·소련 3국의 외무 장관이 모여 한국의 신탁통치를 협의한 회의
탁치 자청 신탁통치를 스스로 부탁함
아관파천 1896년 친일 세력을 누르려 친러 세력이 고종과 세자를 러시아 공사관으로 옮겨 거처하게 한 일
골육상쟁 가까운 혈족끼리 서로 싸움

상, '대한, 대한' 하고 전제 제국 시대의 회고감(懷古感)[■]으로 민중을 현혹시키는 것은 조선 민족을 현실적으로 행복되게 지도하는 태도가 아니라는 것, 지금 조선을 남북으로 갈라 진주해 있는 미국과 소련은 무엇으로 보나 세계에서 가장 실제적인 국가들인 만치, 조선 민족은 비실제적인 환상이나 감상으로가 아니라 가장 과학적이요, 세계사적인 확실한 견해와 준비가 없이는 그들에게 적정한 응수를 할 수 없다는 것, 현은 재주껏 역설해 보았으나 해방 이전에는 현 자신이 기인여옥[■]이라 예찬한 김 직원은 지금에 와서는 돌과 같은 완강한 머리로 조금도 현의 말을 이해하려 하지 않고, 다만, 같은 조선 사람인데 '대한'을 비판하는 것만 탐탁지 않고, 그것은 반드시 공산주의의 농간이라 자기류(自己流)의 해석을 고집할 뿐이었다.

– 소설 「해방 전후」 중에서

상당히 긴 인용문이죠. 그런데 자세히 보면 이 인용문은 놀랍게도 한 문장으로 되어 있어요. 재미도 없고 지루한 설명인데, 해방 전 같으면 이태준은 이런 식으로 소설을 쓰지 않았을 거예요. 문학성은 전혀 없고, 그저 공산주의의 주장이 왜 옳은지를 늘어놓고 있는 거니까요. 이태준의 문학관이 많이 변했다는 것을 짐작할 수 있겠죠?

회고감 되돌아보고 그리워함
기인여옥 인품이 옥과 같이 맑고 깨끗한 사람

또 순수문학의 기수에서 공산주의자로 방향 전환을 한 이태준이 좌익 측에 자신을 변호하고 싶어 했다는 것도 알 수 있고요. 현이 속으로 부르짖었던 "살고 싶다."라는 외침이 여기서도 들리는 듯하지 않나요?

다시 말해서, 이태준은 「해방 전후」를 통해서 또 한 번 '정말 살고 싶다.'라고 외치고 있는 것입니다. 겉으로 보면 「해방 전후」는 이태준의 해방 전후 행적을 솔직하게 기록한 자전소설로 보여요. 하지만 자전소설도 소설이라고 이야기했죠? 이태준이 자신의 삶을 그대로 옮겨 적었다고 볼 수는 없는 것이, 가령 해방 전후의 사정을 자세히 적어 놓은 이 소설에서 그는 한 가지 중요한 사실을 쏙 빼놓고 있어요. 바로 1944년 「제1호 선박의 삽화」라는 일본어 소설을 썼다는 사실입니다.

왜 일본어 소설을 썼다는 사실을 빠뜨렸을까요? 단순한 실수라고요? 정신분석학자인 프로이트는 우리들의 실수야말로 우리의 진심을 잘 보여 준다고 하던걸요. 자, 여러분이 법정에 서 있다고 한번 상상해 보세요. 법정에서 진실만을 말해야 하지만, 그렇게 하기가 쉽지 않겠죠. 보나 마나 불리한 사실은 생략하거나 축소하고 싶어질 거예요. 그래야만 법적인 책임에서 벗어날 테니까요. 자전소설 작가인 이태준 역시 마찬가지입니다. 이태준이 해방 직후인 1946년 이 소설을 쓰는 이유를 살펴보면 그가 소설을 왜 이렇게 쓰고 있는지를 보다 더 잘 이해할 수 있어요. 이태준은 해방 전까지만 해도 좌익 문학이나 공산주의와 거리를 두었던 작가였습니다.

그런데 해방과 함께 이태준은 갑작스럽게 공산주의로 사상적인 변신을 합니다. 문학건설중앙협의회, 문학가동맹, 남조선민전 등 좌익 문인 단체에 가담하고 문학가동맹 부위원장을 맡기도 하는 등, 적극적인 공산주의자로 변신해요. 그의 전향은 우익, 좌익 문인 모두에게 의아스러울 수밖에 없었습니다. 해방되기 몇 년 전 이태준은 자신의 입장을 이렇게 말하고 있었거든요.

「오몽녀」 직후에 나는 사상 문제에 얼마쯤 고민하였다. 루나차르스키*의 예술론을 도저히 이해할 수가 없었고 이해하려면 할수록 반감만 커 갔다.

당시 주위의 문학청년이란 거개* 루나차르스키의 신도들이었다. 나는 외로운 나머지 화가인 김용준, 김주경 등 몇 친구의 정통 예술파란 기하*에 뛰어들기까지 하였다. 이 정통 예술파의 예술론은 좌익 천하였던 조선의 각 신문 잡지에서 으레 묵살될 것은 정한 이치였다. 이방인과 같은 고독이었으나 이제 와 돌아보면 수긋하고* 내 신념으로만 살 수 있었음은 다행한 일이다.

— 수필 「소설의 어려움 이제 깨닫는 듯」 중에서

루나차르스키 옛 소련의 사회주의 비평가
거개 대부분
기하 깃발의 밑
수긋하고 흥분을 가라앉히고

몇 년 전까지만 해도 좌익과 외로운 싸움을 하면서도 자긍심을 보이던 이태준이 완전히 입장을 바꿨으니, 우익 측에서는 배신감이 이만저만이 아니었겠죠? 좌익 입장에서는 자신들을 대놓고 비판하던 이태준이 갑자기 자기네들 진영으로 뛰어든 것이 미심쩍어 보였을 것입니다.

어느 누구도 해방 후 이태준의 전향에 대해 명쾌한 설명을 내놓기는 어렵습니다. 어떤 사람은 '친구 따라 강남 간다.'라는 말처럼, 친하게 지냈던 김기림, 박태원의 영향을 받았을 거라고 말합니다. 또 어떤 사람들은 이태준에게 원래 사회주의적 성향이 있었고, 해방으로 그것이 드러난 거라고 설명하기도 합니다. 가령, 가난한 사람들에 대한 애정이나 불합리한 사회에 대한 비판 의식이 이미 존재했었다는 거죠. 또 이태준이 원래 정치적 야심을 가지고 있었다고 보는 사람들도 있습니다. 카프의 기세가 꺾여 갈 때에는 순수문학을 지지해서 패권을 잡고, 좌익 쪽이 다시 힘을 얻으니까 재빨리 공산주의자로 변신했다는 거지요.

어떻게 설명해도 이태준의 사상이 왜 갑자기 달라졌는지 납득할 수 없는 부분이 있지만, 그의 전향이 당시 문단의 '핫 이슈'였던 것은 확실합니다. 구인회와 〈문장〉을 이끌던 고완주의자 상허 이태준이 좌익에 적극적으로 동조했다는 것 자체가 사건이었던 것입니다. 좌우익 양측으로부터, 특히 공산주의 진영으로부터 의심의 눈총을 받던 이태준은 해방 이듬해 「해방 전후」를 발표합니다. 소설로 자신의 입장을 변호하고 또 해명하고 있는 셈이라고 할 수 있죠. 좌익과 거리를 두었던 해방 전 행적을 공개적으로 반성하고 공산주의를 선택한 이유를 설명하면서, 전향의 진정성을 호소하는 거죠.

그런 점에서 「해방 전후」는 이태준의 고백록이자 반성문이라고 할 수 있습니다. 「해방 전후」는 이태준이 몸담았던 '조선문학가동맹'의 기관지에 실리고, 그는 이 소설로 '제1회 해방문학상'을 수상하는 한편 같은 해 소련으로 여행을 떠나게 되거든요. 이듬해에는 소련의 공산주의 체제를 찬양한 『소련기행』을 발표하기도 하고요.

그러한 사상의 전환에 따라 이태준은 1946년 가족들과 함께 월북합니다. 월북 이후 이태준은 한동안 탄탄대로를 걷게 됩니다. '조선의 모파상'이라는 찬사를 들으며 북한으로부터 극진한 대접을 받지요. 1948년에는 북조선최고인민회의 표창장을 받고, 북조선예술총동맹 부위원장을 지내기도 합니다. 1950년 전쟁이 발발하자 전쟁에 참여하여 낙동강 전선까지 왔었다고 해요.

역사의 먼지로 사라지다

하지만 월북한 많은 인사들이 그랬던 것처럼, 이태준 또한 숙청의 칼날을 피해 가지 못하게 됩니다. 이태준의 숙청을 주장하는 측의 글을 읽어 보면, 숙청이 얼마나 살벌한 것인지 느껴져요. 우선 일제 식민지 시기 이태준의 행적이 도마에 오릅니다. 이태준이 유명한 '부르주아 반동작가'였다, '반동문화 조직체'인 구인회의 지도자였다, '일제의 앞잡이인 주구(走狗)'로 활동했다고 강도 높은 비판을 하지요. 또 일제 말 문화보국회의에서 활동한 경력도 지적합니다. 그리고 해방 이전의 문학작품이 '반동적인 사상'을 담고 있었다고 맹렬히 비판해요. 부르주아, 인텔리, 무능력자, 매춘부 등을 자주 다뤘으며, 장편소설이 우울과 퇴폐적 에로티즘을 다뤘다는 거죠. 해방문학상의 영예를 안겨 줬던 「해방 전후」 역시 비판합니다. 이 소설에서 소련이 부정적으로 그려지는 부분이 있는데, 해방자인 소련을 비방했다는 거예요.

특히, 6·25전쟁 발발 직전인 1950년 2월에 발표한 「먼지」는 숙청의 빌미를 제공하게 됩니다. 이 소설에 반영되어 있는 이태준의 정치적 관점이 논란거리가 된 거예요. 주인공은 '한뫼 선생'이라는 노인인데, 그는 평양에서 고서적상을 운영하는 인물입니다. 골동품에 취미가 있는 노인이라니, 이태준 소설의 주인공답지요?

한뫼 선생은 남한과 북한이 이데올로기의 갈등으로 분열되는 과정을 보았던 인물이에요. 그는 해방 후에 북한에 머물러 있었던 사람입니다. 공산주의 체제가 옳다고 생각하지만, 북한이 선전하는 말을 그대로 믿는 걸 불편해해요. 북한에서는 남한이 부정과 부패로 가득 차 있다고 선전하고 있는데, 그는 남한의 실상을 자기 눈으로 직접 확인하고 싶다는 거죠.

이러한 한뫼 선생의 입장은 '중간파'의 입장이라고 할 수 있습니다. 남한과 북한 중 어느 한편을 지지하지 않고 있는 거니까요. 어느 한편을 선택하지 않고 좌우합작을 꿈꾸는 한뫼 선생에게 딸은 이런 충고를 해요. "그새 정세가 얼마나 발전했는데 해방 직후 좌우합작을 떠들던 중간파 같은 꿈을 여태 꾸구 계시네!" 이 말은 중간파의 감각을 가졌던 이태준 자신에게도 해당하는 충고라고 할 수 있어요.

결국 한뫼 선생은 위험을 무릅쓰고 남한으로 내려옵니다. 그리고 부패하고 타락한 남한의 실상을 직접 보게 되죠. 남한의 이승만 정부가 남한 사람들을 억압하는 것도 볼 수 있었고, 미군의 문제라든가 경제적인 파탄을 보면서 북한에서 들었던 이야기들이 거짓이 아님을 알게 돼요. 그렇게 남한 사회를 경험하면서 한뫼 선생은 입장을 바꾸게 됩니다. 남한이 잘못되었고 북한이 옳다는 걸 확인했으니까요.

우리의 눈으로 보기에 이 소설은 남한이 잘못됐고 북한이 옳다는 것을 선전하는 소설처럼 읽힙니다. 가령, 한뫼 선생은 "대체 그네들 눈엔 조선 사람이 뭘로 보이는 건가? 소련 사람들과 달리 인종차별이 심하단 말을 들었지만 설마 허니 저런 짓을……."이라고 하며 소련인과 비교해 미국인을 깎아내리지요. 또한 한뫼 선생과 논쟁하는 딸의 말을 통해서도 북한의 정책을 적극적으로 선전합니다.

"아버진 북조선이 잘허긴 해도 혼자만 앞질러 갔기 때문에 통일이 안 된다구 그러셨지? 그건 반동파들이 들으면 좋아 날칠 소립니다. 소·미 양국 군대가 동시에 철거하잔 제의가 어느 쪽에서 먼저 세웠나요? 도무지 진상과는 하나도 맞지 않는 말씀을 누가 좋아하라구 허시는 거야요. 매국노들을 변호허는 것 아니구 뭐야요. 아버진 반동이세요."

(…중략…)

"누가 아버지더러 당장 좌익 이론가나 투사가 되시길 바라나
요. 아버지 정의감이 계시지 않아요? 아버지 요량에 확실한 원칙
이 옳다구 인정되는 편에 왜 결정적으루 가담 못 허시나요? 옳다
구 인정되는 편에 꽉 밀착허시란 말이야요. 지금 시대가 어떻게
급격한 회전(回轉)인지 아세요? 어름어름허구 떠도시다간 날려
버리구 마십니다. 역사의 주인공은 못 되시나마 역사의 먼지는
되지 마세요……."

– 소설 「먼지」 중에서

아버지 한뫼 선생이 남한과 북한 사이에서 애매한 입장을 보이고
있다면, 한뫼 선생의 딸은 북한 편에 확실히 서 있는 인물입니다. 딸
은 중도파의 감각을 가진 아버지에게 따끔하게 일침을 놓아요. 그
러다가는 '반동'으로 몰릴 거라고. 그러면서 옳다고 생각되는 편에
적극적으로 가담하라고, 그쪽에 확실하게 밀착해 있으라는 충고를
하지요.

딸은 아버지에게 그렇게 엉거주춤하고 있으면 결코 '역사의 주인
공'이 되지 못한다고, 아니, '역사의 먼지'가 될 거라고 경고합니다.
이태준은 「먼지」를 쓰면서 딸의 입을 빌어 자기 자신을 달래고 있
었는지도 몰라요. 왜냐하면 이 소설을 발표한 얼마 후, 이태준은 확
실한 노선에 서 있지 못하다는 비판을 받고 숙청되었거든요. 그야

말로 '역사의 먼지'가 돼 버리고 만 것입니다. 이태준의 이후 행적을 떠올리면, '역사의 먼지'가 되었다는 표현이 전혀 틀리지 않지요. 숙청을 당한 이후 이태준의 행방은 묘연하거든요. 가족들도 뿔뿔이 흩어졌고요. 남한의 문학사에서도 북한의 문학사에서도 그의 이름이 지워진 것은 물론입니다.

아까 이 소설이 숙청의 결정적 빌미를 제공했다고 했지요? 이태준을 비판하던 사람들 눈에는 이태준이 꼭 한뫼 선생처럼 보였던 거예요. 회의와 불신의 눈으로 자꾸 뭔가를 확인하려는 한뫼 선생 말이죠. 딸처럼 혁명 의지를 불태워야 하는데 어중간한 입장에서 불평을 하고 딴죽을 거는 한뫼나 이태준이 당의 입장에서는 달가울 리 없었던 것입니다. 이태준을 미워한 사람들은 한뫼 선생이 죽는 결말 부분을 지적하며 이태준이 패배주의자라는 비판을 가했어요. '한뫼 노인이 남한이 잘못이고 북한이 옳다는 걸 깨달은 것까지는 좋다. 그런데 결말이 글렀다. 큰 깨달음을 얻은 한뫼 선생이 이제 투사로 변해야 마땅한데, 느닷없이 왜 죽느냐.'라며 글을 쓴 이태준을 비난하는 거죠.

또 하나 문제 삼았던 것이 한뫼 선생을 죽게 한 총소리였다는 설이 있습니다. 「먼지」는 북한으로 돌아가던 한뫼 선생이 강을 건너던 중 총에 맞아 죽는 것으로 끝나요. 소설에는 총소리가 "딱 꿍, 딱 꿍 치르르……."라고 표현되어 있습니다. 이건 미군 총소리가 아니라 북한군이 쓰는 총소리인데, 그러면 한뫼를 죽인 게 북한군이냐는 거지요.

어쨌든 이태준은 이런 우여곡절 끝에 당에서 숙청을 당하고 이후의 행적은 정확하지가 않습니다. 노동신문사 교정원, 콘크리트 공장의 노동자로 배치되었다는 기록은 있는데 사망 사실에 대해서는 기록된 바를 찾을 수 없어요. 반동분자로 몰려서 죽었다는 말도 있고, 일시적인 복귀가 이루어졌다가 다시 노동자 생활을 했다는 이야기도 있습니다. 소설가 황석영은 북한에서 넘어와 간첩 행위를 했던 한 남파공작원의 구술 자료를 인용하며 이태준의 알려지지 않은 행적을 이렇게 재구성하고 있어요.

> 이태준에 대한 최후의 기록은 '남파공작원'으로 남한에서 체포되어 장기수로 살아남은 김진계의 〈조국〉이라는 구술 자료에 나온다. 그는 이남에 내려와 생존할 수 있는 현장 훈련을 위하여 땜장이가 되어 원산에서 평양으로 이동하던 중 마천령산맥 기슭에 있는 강원도 장동탄광 지역에서 열흘간 머물렀다. 마을 사람들이 뚫어진 냄비나 솥단지 등속을 들고 나오면 김진계가 능숙한 솜씨로 땜질을 해 주었는데 어느 노인이 구멍 난 솥을 들고 나타났다. 노인은 키가 훤칠하고 나이에 비해서 건장한 체구였다. 젊었을 때에는 꽤 미남이었을 것 같은 얼굴이었다. 게다가 남한 말씨를 써서 궁금증이 더했다. 김진계는 노인을 어디선가 본 적이 있다는 생각이 들었다. 땜질하면서 그는 노인의 얼굴을 곰곰이 뜯어보았다. 혹시 글 쓰시는 분이 아니냐고 그가 묻자 무슨 충격이나 받은 것처럼 노인은 먼 곳을 바라보는 표정이더니 빙긋이 웃고는

순수문학의 기수에서 공산주의자로의 변신

조용히 대답했다.

"이태준이라고 합니다."

김진계는 그를 사진에서 보았을 뿐 직접 만난 것은 처음이었다. 그가 평북 안주군에서 선전실장을 할 때 도서실을 정리하면서 이태준의 창작집 『달밤』이나 『까마귀』를 읽어 본 적이 있었다. 『문장강화』라는 책이 좋다는 말을 여러 번 들어 본 적이 있었다. 그때 이태준의 글을 읽은 느낌은 우리말을 요리조리 자유롭게 쓰면서 아름답게 표현해서 상당히 민족적이라는 생각이 들었다. 하지만 소시민적이고 뭔가 약하다는 느낌도 들었다고 한다. 그러다가 1954년 어느 날 그의 책들이 도서실에서 사라졌다. 작업을 하면서 김진계는 궁금한 것을 조심스럽게 물었다.

"한데 아직도 글 쓰십니까?"

"쓰고는 싶소만……."

노인의 표정이 무척 쓸쓸해 보였다. 이태준의 나이 66세이던 1969년의 일이다. 장동탄광 노동자 지구에서 두 부부가 이름도 잊고 살고 있었다. 뒤에 또 어느 탈북 여성 작가는 이태준이 숙청된 뒤에 그의 아들딸들이 각처로 뿔뿔이 흩어졌다고 증언했다.

　　　　　　　　　　　　－ 황석영, 「황석영이 뽑은 한국 명단편(6)」 중에서

확실하지는 않지만 이렇게 이태준의 이름은 북한에서도, 남한에서도 종적을 감추게 됩니다. 1980년대 말 해금 이후 이태준에 대한 연구가 활발하게 이루어진 것은 불행 중 다행이에요. 이태준 문학

의 가치를 아는 사람들은 이태준의 호를 따서 '상허문학회'라는 단체도 만들고 이태준 전집도 출간했습니다. 그리고 이태준의 유명한 소설과 수필들이 중·고등학교 교과서에 실려 읽히기도 하고요. 주옥같은 그의 소설이 다시 읽힐 수 있게 된 것은 참 다행입니다.

여러분, 이태준의 삶과 문학 궤적을 살펴본 긴 여행이 즐거웠나요? 개화당 아버지의 아들로 태어나 멀리 러시아까지 갔다가 아버지와 어머니를 잃고 고생스런 유년시절을 보내면서도 아버지한테 부끄럽지 않은 아들이 되겠다는 일념으로 아르바이트를 해 가며 문학에 대한 꿈을 키웠던 이태준의 모습이 이제 좀 구체적으로 떠오르지요? 단란한 가정의 가장으로, 신문사 부장으로, 구인회 좌장으로 맹활약을 하던 1930년대, 일제의 탄압이 극심해지던 암흑기에 국운과 함께 어두웠던 이태준의 1940년대, 그리고 해방과 함께 돌연 공산주의자로 변신한 해방 후의 행적도 어느 정도 파악했을 것입니다.

문학작품은 진공 속에 존재하는 예술품이 아닙니다. 문학작품은 거울처럼 그 시대를 직간접적으로 반영해 주고, 또한 작품을 쓴 작가의 삶과 세계관을 반영하지요. 그러므로 우리는 훌륭한 문학작품을 통해서 그 작품이 탄생한 시대 속으로 걸어 들어가 작가가 살았던 그 시대를 다시 살 수 있습니다. 이태준 문학이 높은 평가를 받는 이유는 단지 그의 문학작품이 문학적, 예술적으로 높은 완성도를 가지고 있기 때문이 아닙니다. 굴곡 많은 삶을 살았던 이태준의 문학작품을 읽으면서 일제강점기로부터 광복, 전쟁과 분단에 이르는 아픈 우리의 역사를 들여다보고, 그 속에서 고통받던 당대 사람들의 멍울진 아픔을 이해할 수 있다는 점 역시 소중하지요.

무엇보다 여러분은 이태준의 작품을 통해 진솔하고 열정적으로 그 역사의 한복판을 살아 냈던 이태준이라는 한 매력 넘치는 인간을 만날 수 있을 거예요. 앞으로도 여러분이 더 많은 이태준의 글들을, 그리고 또 다른 우리나라 작가들의 문학작품을 사랑하게 되기를 마음 깊이 바랍니다.

순수문학의 기수에서 공산주의자로의 변신

작·가·탐·구·활·동

[1] 이태준의 소설에는 바보나 노인이 자주 등장합니다. 이태준의 소설이 이렇게 사회로부터 소외된 이들을 주요 등장인물로 내세우는 것은 어떤 효과를 발휘할까요?

[2] 「돌다리」에서 아버지와 아들은 땅에 대해서 각각 다른 입장을 보입니다. 그 입장을 간단히 정리해 보세요. 또 이 소설에서 두 사람을 상징하는 물건은 무엇인지도 말해 보세요.

[3] 다음은 창섭 아버지가 땅을 팔지 못하겠다는 대답을 하면서 아들에게 하는 말입니다. 창섭 아버지가 이토록 땅에 집착하는 이유를 시대적 상황과 관련해 생각해 보세요.

> "네가 뉘 덕으루 오늘 의사가 됐니? 내 덕인 줄만 아느냐? 내가 땅 없이 뭘루? 밭에 가 절하구 논에 가 절해야 쓴다. 자고로 하눌 하눌 허나 하눌의 덕이 땅이 통허지 않군 사람헌테 미치는 줄 아니? 땅을 파는 건 그게 하늘을 파나 다름없는 거다."
> "……."
> "땅을 밟구 다니니까 땅을 우섭게들 여기지? 땅처럼 응과가 분명헌 게 무어냐? 하눌은 차라리 못 믿을 때두 많다. 그러나 힘들이는 사람에겐 힘들이는 만큼 땅은 반드시 후헌 보답을 주시는 거다. 세상에 흔해 빠진

지주들, 땅은 작인들헌테나 맡겨 버리고, 떡 도회지에 가 앉어 소출은 팔어 다 모두 도회지에 낭비해 버리고, 땅 가꾸는 덴 단돈 일 원을 벌벌 떨구, 땅 으로 살며 땅에 야박한 놈은 자식으로 치면 후레자식 셈이야……."

[4] 「달밤」과 「밤길」의 배경은 모두 '밤'입니다. 하지만 두 소설의 분위기 는 전혀 다릅니다. 「달밤」이 서정적인 분위기를 물씬 풍긴다면, 「밤길」의 상황은 처절하고 비극적이지요. 전혀 다른 분위기의 두 소설에서 '밤'이 라는 시간적 배경은 어떤 역할을 하고 있나요?

[5] 다음은 「밤길」의 마지막 부분 중 일부입니다. 이 소설의 배경 음악처 럼 깔려 있는 개구리, 맹꽁이 소리는 어떤 역할을 하고 있을까요?

죽은 줄만 알고 안아 올렸던 권 서방은 머리칼이 곤두섰다. 분명히 아 이의 입에서 무슨 소리가 난다. 꼴깍꼴깍 아이의 입은 무엇을 토하는 것이다. 비리치근한 냄새가 홱 끼친다.

"여보 어디……?"

황 서방도 분명히 꼴깍 소리를 들었다. 아이는 아직 목숨이 붙었다. 빗물이 입으로 흘러 들어간 것을 게운 것이다.

"제에길, 파리 새끼만두 못한 게 찔기긴!"

아비가 받았던 아이를 구덩이 둔덕에 털썩 놓아 버린다.

비는 한결같다. 산골짜기에는 물소리뿐 아니라, 개구리, 맹꽁이 그리 고도, 무슨 날짐승 소리 같은 것도 난다.

[6] 「밤길」의 상황은 비참하고 끔찍합니다. 하지만 서술자는 마치 카메

라처럼 상황을 보여 주기만 할 뿐 어떤 개입도 하지 않습니다. 이러한 서술은 독자의 감상에 어떤 영향을 미칠까요?

[7] 인물, 사건, 배경은 흔히 소설의 중요한 요소로 꼽힙니다. 「달밤」에서 가장 부각되는 요소는 무엇인가요?

[8] 다음은 「달밤」의 마지막 부분입니다. '나'가 황수건을 아는 체하지 않고 나무 그늘에 몸을 숨긴 이유는 무엇 때문일까요?

> 어제다. 문안에 들어갔다 늦어서 나오는데 불빛 없는 성북동 길 위에는 밝은 달빛이 깁을 깐 듯하였다.
> 그런데 포도원께를 올라오노라니까 누가 맑지도 못한 목청으로,
> "사…게…와 나…미다까 다메이…끼…까…."
> 를 부르며 큰길이 좁다는 듯이 휘적거리며 내려왔다. 보니까 수건이 같았다. 나는,
> "수건인가?"
> 하고 아는 체하려다 그가 나를 보면 무안해할 일이 있는 것을 생각하고, 휙 길 아래로 내려서 나무 그늘에 몸을 감추었다.
> 그는 길은 보지도 않고 달만 쳐다보며, 노래는 이 이상은 외우지도 못하는 듯 첫 줄 한 줄만 되풀이하면서 전에는 본 적이 없었는데 담배를 다 퍽퍽 빨면서 지나갔다.
> 달밤은 그에게도 유감한 듯하였다.

[9] 「꽃나무는 심어 놓고」에서 방 서방네는 사쿠라 나무를 심어 놓았지만

그 아름다움을 눈으로 보지 못하고 서울로 이사를 와서 고생을 합니다. 「봄」의 가족 역시 더 잘 살기 위해 서울로 이사를 왔지만 가난과 고독을 피하지 못하지요. 이런 상황에서 발견되는 문학적 기법은 무엇인가요?

[10] 「장마」, 「토끼 이야기」, 「석양」, 「해방 전후」는 소설이지만 소설 속 이야기는 이태준의 실제 삶과 무척 비슷합니다. 이러한 성격의 소설을 무엇이라고 부르나요?

[11] 1930년대 후반부터 1940년대를 배경으로 한 이태준의 소설은 대개 어둡고 비극적인 내용을 담고 있습니다. 소설이 비극적으로 전개되는 이유를 시대 상황과 관련해 설명해 보세요.

[12] 「복덕방」의 안 초시는 다음과 같이 비극적인 죽음을 맞이합니다. 그가 몰락의 길을 걸었던 이유는 어디에 있을까요?

참의는 머리가 띵하였다. (…중략…) 안 초시도 그럴 것이니까 해는 벌써 오정 때지만 끌고 나와 해장술이나 먹으리라 하고 부지런히 내려와 보니, 웬일인지 복덕방이라고 쓴 베 발이 아직 내어 걸리지 않았다.
"이 사람 봐아……. 어느 땐 줄 알구 코만 고누…….."
그러나 코 고는 소리는 들리지 않았다. 미닫이를 밀어젖힌 서 참의는 정신이 번쩍 났다. 안 초시의 입에는 피, 얼굴을 잿빛이다. 방 안은 움 속처럼 음습한 바람이 휭 끼친다.
"아니……?"
참의는 우선 미닫이를 닫고 눈을 비비고 초시를 들여다보았다. 안 초시는 벌써 아니요 안 초시의 시체일 뿐, 둘러보니 무슨 약병인 듯한 것 하나가 굴러져 있다.

[13] 아래의 두 글은 이태준 문학에 대해 서로 상이한 평가를 내놓고 있습니다. 상반된 두 견해 중 어떤 것이 더 타당하다고 생각하나요? 그렇게 생각하는 이유는 무엇인가요?

A. 이태준은 봉건주의적인 풍속과 악랄한 식민지 수탈 정책이라는 이중의 중하를 감당한 폐쇄 사회에서, 그곳을 극복하려는 아무런 의지도 내보이지 못한 패배주의적인 인물을 즐겨 그린 작가이다. 그가 자신의 정치학을 개진하지 못하고, 사회의 압력을 그대로 받아들이게 된 것은 거의 대부분이 그의 딜레탕티즘 때문이다. 그의 딜레탕티즘을 선비 기질이라고 표현하고 있는 비평가들도 있으나, 그것은 선비 기질과 딜레탕티즘을 혼동한 결과이다. 그의 딜레탕티즘은 개인의 안위와 골동품에 대한 기호심의 소산이며, 지조나 이념을 그 기반으로 하고 있는 선비 기질과 판연히 다르다. (…중략…) 「가마귀」, 「불우 선생」, 「복덕방」, 「우암 노인」 등의 그의 대표작들은 거의 전부 일상적인 사소한 것들에 복수당하는 패배적 인간을 그리고 있다. 변화에서는 현실에 적절하게 대응하지 못하고 과거에 대한 추억에만 매달려 있는 회의주의적이며 감상적이며 패배주의적인 인물들이 그의 인물들이다. 그래서 그들은 변화하는 사회에 대해서는 시니시즘(냉소주의)으로, 인생에 대해서는 아이러니(반어와 모순)로, 대인 관계는 페이소스(동정과 연민)로 대처해 나간다. 그들은 발전하는 역사를 믿지 않은 것이다.

-김현·김윤식, 『한국문학사』 중에서

B. 사회에서 소외당하고 버림받은 인물을 선정하여 그들을 소설화한다고 작가 정신이 패배적이라 단정하는 것은 너무나 피상적이고 성급한 이해이다. (…중략…) 그의 소설에 등장하는 인물들은 모두 치유되기 어려운 상처를 지니고 있다. 그 상처는 말할 것도 없이 식민지 시대의 소산이다. 이태준의 의도가 시대적 폭력의 비판적 노출에 있지 아니하다면 무엇 때문에 상처를 그토록 쓰다듬고 있겠는가. (…중략…) 흔히 이태준은 현실 인식이 역동적이지 못하고 퇴영적이라는 비판을 받는다. 그의 소설에서 발견되는 남다른 골동 취미도 이와 관련된다. 그러나 상허의 소설이 역동적 현실과의 강한 부딪힘을 보여 주지 않는다고 해서 그의 작가 정신이나 현실 인식이 빈약하다는 주장은 수긍하기 어렵다. 오히려 그의 퇴영적 골동 취미는 비극적 현실을 확인하고 증거하는 감수성이요, 효과적인 소설적 방편이다. 직접적인 고발이나 반항이 완전히 차단되어 있는 암울한 1930년대의 정치·사회적 상황에서 일제 통치의 야만성을 들추어 내고, 우리가 얼마나 많은 것을 상실하였는가를 증거하기 위하여 옛것에 매달리는 것은 훌륭한 전략일 수 있다.

– 이남호, 「이태준 단편소설 연구」 중에서

1904	강원도 철원에서 출생.
1910	한일강제병합으로 일제강점기 시작.
1912	고아가 됨.
1919	3·1만세운동, 대한민국임시정부 수립.
1921	휘문고보 입학.
1925	동경 유학 중 단편소설 「오몽녀」로 등단.
1930	이순옥과 결혼, 다음 해 〈조선중앙일보〉 기자로 취직.
	1931 「고향」「아무 일도 없소」
1933	구인회를 만들어 활동함. 성북동으로 이사.
	1933 「꽃나무는 심어 놓고」「달밤」
1935	신문사를 퇴사하고 집필에 몰두함.
	1935 「색시」「손거부」
	1936 『황진이』「장마」「가마귀」
	1937 「복덕방」
	1938 「패강랭」
1939	잡지 〈문장〉 편집.
	1939 「영월 영감」「농군」
	1940 「밤길」『문장강화』
	1941 「토끼 이야기」「사상의 월야」『무서록』

1943 강원도 철원으로 낙향.

1945 광복 후 38선을 기점으로 남북이 갈라짐.

1946 소련 방문 후 가족과 함께 월북.

1946 「해방 전후」
1947 『소련기행』

1948 남한에 대한민국이, 북한에 조선민주주의인민공화국이 수립됨.

1950 한국전쟁.

1956 북한의 김일성 독재가 강화되면서 숙청됨.

1958 고철 수집 노동자로 배치됨.

1969 강원도 장동탄광 노동자 지구에서 목격됨. 이후 언제 사망했는지

알 수 없음.

신문기자 시절의 이태준

성북동 자택 앞의 이태준

월북할 무렵의 이태준